Mai 2021

Lieber Erwin,

da du ja wenig in Klagenfurt bist, hat Egyd hoffentlich auch für dich als Klagenfurter gute Blickwinkel auf die Stadt.

Alles Gute zum Geburtstag!

Sonja & Fritz

EGYD GSTÄTTNER

Klagenfurt

Gedruckt mit freundlicher Unterstützung des Landes Kärnten.

LAND KÄRNTEN
Kultur

MIX
Papier aus verantwortungsvollen Quellen
FSC® C004378

Grafische Gestaltung: Dorothea Löcker, Wien
Umschlagabbildung: © Helmuth Weichselbraun
Druck und Verarbeitung:
EuroPB, s.r.o., Tschechische Republik
ISBN 978-3-7117-2091-7

Informationen über das aktuelle Programm
des Picus Verlags und Veranstaltungen unter
www.picus.at

EGYD GSTÄTTNER

Klagenfurt

Was der Tourist sehen sollte

PICUS VERLAG WIEN

INHALT

1
DIE ANKUNFT

Sagen wir: Sie sind soeben am Airport Klagenfurt gelandet. Sie sind zum ersten Mal hier und haben geschäftlich in der Kärntner Landeshauptstadt zu tun. Ungeachtet der Tatsache, dass hier schon vor Ihnen bedeutende Persönlichkeiten gelandet sind, ist es nur ein sehr kleiner Flughafen, ein Airporterl. Das heißt: Sie müssen bei der Gepäckausgabe nicht lange warten, bis Sie Ihr Köfferchen vom Förderband nehmen können. Gerade hatten Sie genügend Zeit, Ihr Handy wieder einzuschalten: Da piepst es, und in Ihrer Sprachbox haben Sie eine Nachricht Ihres Klagenfurter Geschäftspartners: Der Ärmste ist plötzlich erkrankt und muss Ihren Termin um zwei Tage verschieben. Jetzt stehen Sie da, verärgert und orientierungslos! Der Deal ist so wichtig, dass Sie ihn nicht platzen lassen können. Zurückfliegen zahlt sich für zwei Tage nicht aus. Außerdem geht der nächste Flug erst morgen. Sie sind hier in der größten Stadt Kärntens, in der sechstgrößten Stadt Österreichs mit etwa hunderttausend Einwohnern. Das ist – offiziell (und nach der EU-Fördermittelrichtlinie) – die Grenze zur Großstadt. Je nachdem, ob am Tag Ihrer Landung gerade mehr Menschen gestorben (oder abgewandert) oder geboren (oder zugewandert) sind, befinden Sie sich in einer Klein- oder Großstadt: Entweder in der kleinsten Großstadt oder der größten Kleinstadt der Welt: Das können Sie sich aussuchen.

Oder Sie wollten ja mich besuchen! Sie waren zwar noch nie in Klagenfurt, kennen mich aber schon lange – in dem Fall wären wir per Du, lieber Leser, das macht es gleich angenehmer, dir zu schreiben. Die Nachricht auf deiner Box wäre also von mir: Im letzten Augenblick hätten mich dringende Verlagsgeschäfte nach Wien oder München geführt und ich ersuche dich, auf mich zu warten. (Wie toll das klingt: *Dringende Verlagsgeschäfte!* Direkt angeberisch. So dringend sind solche Verlagsgeschäfte ja nie, dass sie nicht zwei Tage warten könnten. Aber das musst du ja nicht wissen.) Das Ergebnis ist dasselbe: Du hast zwei Tage Klagenfurt vor dir und weißt nicht, was du mit ihnen anfangen sollst. Mein Vorschlag: Schau dir die Stadt an, wenn du schon einmal hier bist. Ich bin zwar weder ausgebildeter Fremdenführer noch Historiker und ich kenne nicht alle für die Geschichte der Stadt bedeutsamen Jahreszahlen bis auf die letzte Stelle auswendig. Aber da ich als Schriftsteller in dieser Stadt lebe, hat sich eine gewisse Wissensansammlung nicht ganz vermeiden lassen, und so kann ich dir anbieten, dich virtuell an der Hand zu nehmen und aus meiner subjektiven Sicht durch die Stadt zu führen. Der große portugiesische Dichter Fernando Pessoa, der mit seinem *Buch der Unruhe* eines der zentralen literarischen Werke des zwanzigsten Jahrhunderts verfasst hatte, war sich nicht zu schade, nebenbei einen kleinen Führer durch seine Heimatstadt zu schreiben, die er so selten verlassen hat wie ich meine: *Lissabon. Was der Reisende sehen sollte* heißt sein Nebenwerk. Zugegeben: Lissabon ist etwas größer als Klagenfurt und sieht schon beim Landeanflug nicht wie eine Streusiedlung aus. Aber der Geist weht, wo er will, auch in Streusiedlungen. Wenn er nicht will, dann nicht. *Klagenfurt. Was der Tourist sehen sollte* mögen manche für eine lächerliche Unternehmung halten. Aber diese aufgeblasenen, blasierten Pseudokosmopoliten sind eben jetzt gerade nicht an deiner Stelle, nämlich am Gepäckausgabeband.

Zu deiner Orientierung: Der Flughafen (er heißt *Wörthersee* – und es ist noch kein Flugzeug abgestürzt und versunken) liegt im Nordosten der Stadt im Stadtteil Annabichl und ist wie für Flughäfen dieser Größenordnung nicht untypisch: krisengebeutelt, nicht zuletzt auch wegen der enormen Flughafenkonkurrenz in nächster Nähe: Ljubljana/Laibach (Brnik), Triest (Ronchi), Venedig (San Marco), Treviso, Graz Thalerhof – und seit Kurzem teilprivatisiert: Der Investor Franz Peter Orasch hegt große Pläne. Bedauerlicherweise ist der Flughafen nicht ans Eisenbahnnetz angeschlossen. Die Geleise (es ist die Strecke nach Wien) liegen einen schwachen Kilometer entfernt: Da du ja mit Koffer unterwegs bist, ist das zu weit. Für eine S-Bahn ist die Stadt mit ihren hunderttausend Einwohnern zu klein, die U-Bahn wird erst in fünfhundertzweiundvierzig Jahren gebaut werden. Diese U-Bahn wird aus zwei kreuzförmig angelegten Linien bestehen, eine in west-östlicher, die andere in nord-südlicher Richtung verlaufend. Die U1 wird beim Strandbad beginnen (später nach Westen hin bis Krumpendorf, Pörtschach und Velden das gesamte Wörthersee-Nordufer entlang verlängert werden), die Haltestellen »Universität«, »Stadion«, »Steinerne Brücke«, »Bachmann-Gymnasium«, »Neuer Platz« (hier werden sich die beiden Linien kreuzen), »Europagymnasium/Konzerthaus«, »Schloss Welzenegg« haben und bei »CineCity/Hypo-Schau-Ruine Domenig« im Osten Endstation machen. Die Linie U2 beginnt unter dem Flughafen (später nach Norden ausgebaut bis »Maria Saal«) und führt über »Zentralfriedhof Annabichl«, »Klinikum«, »Landeskrankenhaus«, »City Arkaden«, »Neuer Platz« (umsteigen zur U1!) »Messegelände/Eishalle«, »Bahnhof«, »Friedhof St. Ruprecht« und »Pädagogische Akademie« zur südlichen Endstation »Jörgs End«.

So lang willst du natürlich nicht warten. Eine Tramway gab es vor einem halben Jahrhundert einmal, gibt es aber nicht mehr – nur noch einen Nostalgieverein, der sich (bisher vergeblich) für deren Wiederbelebung einsetzt. (Alte Tramway-Waggons könntest du besichtigen, aber nicht in Klagenfurt, sondern im südlichen Nachbarstädtchen Ferlach auf dem Historama-Gelände.) Städtische Busse gibt es. Früher einmal waren sie mit prächtiger roter Farbe lackiert und quasi eines der Erkennungsmerkmale der Stadt (wie die grünen Busse in Graz oder die hellblauen in Salzburg). Heute ist ihre Karosserie wie in allen anderen Städten auch durchgehende Werbefläche. Aber diese städtischen Busse kommen nicht gar so oft und nie dann, wenn man sie braucht. Die Intervalle sind groß, die Verspätungen oft nicht minder. Wer nicht sehr gebrechlich ist, ist zu Fuß gewöhnlich schneller am Ziel. Wegen deines Koffers nimmst du am besten ein Taxi. Wenn keines wartet, ruf dir eins. Die drei, vielleicht vier Kilometer, die der Flughafen vom Stadtzentrum entfernt liegt, kosten nicht die Welt. Ohne Koffer wäre das Fahrrad eine ideale Alternative zur Stadterkundung. Es gibt in Klagenfurt etliche Stellen, wo man öffentliche Fahrräder entleihen kann. Denk daran, nachdem du dein Hotelzimmer bezogen hast.

ANNABICHL

Nicht, dass ich hier einen falschen morbiden Eindruck erwecken wollte – aber das Erste, worauf ich dich aufmerksam machen möchte, ist der Friedhof Annabichl auf der anderen Straßenseite, keine zweihundert Meter Luftlinie vom Flughafenareal entfernt. Na komm, bitten wir den Taxifahrer um einen Augenblick Geduld, schauen wir einen Sprung hinein, wenn wir schon einmal da sind. Er ist natürlich nicht der einzige, aber der größte unter Klagenfurts Friedhöfen, der Zentralfriedhof gewissermaßen.

Sagt dir der Name Gerdi Springer etwas? Das war ein berühmter Fußballtrainer, Rapid Wien und Sturm Graz hatte er unter seinen Fittichen. Man nannte ihn den »Karawanken-Herrera«. (Benannt nach dem Fußballtrainer Helenio Herrera, der behauptet hatte, »ein perfektes Spiel endet 0:0«. Gar so weit auseinander liegen der Karawanken-Herrera und Herrera gar nicht: der eine in Klagenfurt, der andere in Venedig. Herrera war immer kalt, daher wollte er ein Grab in der Sonne, wo er das Rauschen des Meeres hören kann. Zum Glück bekommt Herrera auf der Friedhofsinsel San Michele nicht mit, dass es im Winter auch in Venedig sehr kalt, feucht und unwirtlich sein kann.) Der also liegt zum Beispiel hier. Und man findet – möglicherweise ein urbanes Alleinstellungsmerkmal weltweit – am Marsch über die Hauptallee Richtung Norden rechter Hand eine eigene Grabstätte für den heimischen Fußballclub Austria Klagenfurt, der im Lauf seiner Vereinsgeschichte tatsächlich schon mehrmals gestorben, dann aber, wenn auch ziemlich zerbeult, immer wieder auferstanden ist.

Viele prominente gebürtige Klagenfurter haben ihre Geburtsstadt, eben um prominent zu werden, aber verlassen, sind anderswo gestorben und auch anderswo begraben, weshalb man bei einem Allerheiligenspaziergang mit dem Friedhof Annabichl leider nicht gar so besonders protzen kann. Eine ganz groß gewordene Tochter aber, die die Stadt verlassen hat, zunächst in Richtung Wien, dann in Richtung Rom, wo sie nach einem Brandunfall auch gestorben ist, liegt doch hier begraben, auf Wunsch ihrer Familie, wenn auch höchstwahrscheinlich gegen ihren eigenen Willen: Ingeborg Bachmann wäre auch postum lieber in Rom geblieben. Wir müssen einfach die Hauptallee immer geradeaus Richtung Norden schreiten, und wenn es schon gar nicht mehr weitergeht, rechts, gleich links und gleich wieder rechts, dann sind wir da. Ist dir zu weit? Gut, man sieht auch nicht wirklich viel. Es ist ein schlichtes Grab mit einer schlichten Grabplatte, die ein wenig wie eine Hallenkletterwand aussieht, mit dem schlichten Schriftzug *Ingeborg Bachmann 1926–1973*. Alles Weitere steht in ihren Büchern und in den Büchern über sie. Der verwitternde Hallenklettergrabstein war aus Carrara-Marmor gefertigt, was die Bachmann'sche Italophilie über den Tod hinaus demonstrieren sollte. Zum Entsetzen der hinterbliebenen Schwester Bachmanns hat die Stadtverwaltung den Ehrengrabstein bei einer Renovierung nicht renoviert, sondern gleich ersetzt, und zwar durch einen Krastaler Rauchkristall-Marmor ohne jede Italianità! Grande miseria! So gehen nicht nur die Menschen, sondern auch die Gräber den Weg alles Irdischen! Klingt das jetzt gar ein wenig negativ? Aber immerhin ruht hier eine, deren berühmtester Satz lautet: *Die Wahrheit ist dem Menschen zumutbar!* Auf diesen Satz sind alle Stadtväter und alle Stadtkinder mächtig stolz!

Dass es mit der Promidichte am Klagenfurter Zentralfriedhof Annabichl noch nicht gar so weit her ist, hängt auch damit zusammen, dass sich etliche größere Söhne und Töchter der

Stadt lieber auswärts beerdigen lassen. Gert Jonke etwa und die seit der Erstausgabe dieses Stadtporträts 2010 Verstorbenen Maria Lassnig und Udo Jürgens liegen einträchtig am Ehrenhain des Wiener Zentralfriedhofs der Präsidentengruft gegenüber. Bildhauerisch besonders gelungen das von seinem Bruder Manfred Bockelmann gestaltete Grabmal für Udo Jürgens: Ein weißes Klavier aus Marmor, über das ein weißes Tuch, ebenfalls aus Marmor, gebreitet ist: The sound of silence. Zu den Wiener Exiltoten möchte ich auch Werner Schneyder rechnen, der, obgleich gebürtiger Grazer, Kindheit und Jugend in Klagenfurt verbracht hat und hier zwischen KAC-Fußballplatz und Stadttheater sozialisiert worden ist. Vielleicht könnte man die Promigräberflaute beheben, indem man in Annabichl die Minimundusgrabmodelle von Werner Schneyder, Maria Lassnig, Gert Jonke und Udo Jürgens ausstellt.

Viel pompöser jedenfalls als das Grab von Bachmann ist das von Josef Friedrich Perkonig direkt an der Allee, einer ihrer frühen Mentoren, der da als »der Dichter Kärntens« bezeichnet wird. Sein aus dem Stein gemeißelter Kopf schaut aus einem aus dem Stein gemeißelten Fernsehapparat heraus. 1950 – also knapp vor dem Auftauchen der ersten Bildschirme hierzulande – hat er das selbst natürlich nie gemacht. Gegenüber ein Gedenkstein für den »Liederfürst« genannten Kärntner Komponisten Thomas Koschat, auf dem dessen berühmteste Liedzeile steht: »Valossn, valossn, wia a Stan auf da Stroßn.« Gleich um die Ecke die Büste von Wilhelm Rudnigger, seines Zeichens Frühschoppenmundartlyriker und Finanzbeamter. Und weil die Menschen in jedem Alter sterben können, erinnere ich dich hier auch an den jungen Schriftsteller Georg Timber-Trattnig ein paar Reihen weiter, der sich mit wenig mehr als dreißig Jahren das Licht der Welt wieder ausgeschaltet hat. Kennst du nicht? Hast du nie etwas von seinem Stück *Der Schwebebal-*

ken des Nebelschneiders gehört? Nein? Na ja, vielleicht entdeckt man ihn noch eines Tages. Viel Hoffnung habe ich allerdings nicht. Trattnig war übrigens Mitglied der Band *Naked Lunch* um Oliver Welter und Herwig Zamernik, die im letzten Jahrzehnt zu den wichtigsten musikalischen Repräsentanten der Stadt des letzten Jahrzehnts zählen. Zamernik alias Fuzzman hat auch eine Solokarriere gestartet.

Ich werde auch einmal hier liegen, wenn alles gut geht. Ich werde leicht zu finden sein: Bei Perkonig einfach links abbiegen! Falls ich ein Ehrengrab kriege (wodurch meine Eltern, meine Frau und meine Kinder à la longue automatisch mitgepflegt würden), existiert es vielleicht länger als die Gräber ringsherum. Da liegen jetzt lauter Neureiche! Ich bin unbescheiden, findest du? Na ja, in einer kleinen Stadt wird man leicht unbescheiden. Allerdings kann ich auch sehr bescheiden sein. Auf den Grabstein einfach *Egyd Gstättner* schreiben. Oder *Egyds Grab.* Sonst gar nichts. Das muss reichen! (In Klagenfurt existiert kein Ehrengräberhain. Bestehende Familiengräber werden gegebenenfalls als Ehrengräber gewidmet und vom Magistrat betreut.)

Du fühlst dich auf Friedhöfen ganz generell unwohl? Auch die Fresken von Valentin Oman in der Zeremonienhalle können nichts daran ändern? Gut, hauen wir ab, nur nichts übertreiben. Immer schön, wenn man aus Friedhöfen wieder abhauen kann! Beim schmiedeeisernen schwarzen Friedhofstor hinaus, an Blumen Germ vorbei, durch die Zugunterführung, vorbei auch am Café Blumenstöckl, das, wie viele andere Cafés, mittlerweile geschlossen ist – aber da es Uwe Johnson in seiner *Reise nach Klagenfurt* als literarischen Schauplatz verewigt hat, will ich es nicht entewigen. Und schon sind wir auf der St. Veiter Straße, gesäumt von niedrigen Häuserzeilen, eines Tages mein letzter Weg. Du nimmst jetzt aber die Gegenrichtung, schnurgeradeaus in die Stadt, mitten hinein ins pralle Leben. Zugegeben: Das ist eine Reiseführerphrase. Wer weiß schon genau, was »prall« bedeutet? Und was »Leben«. Falls du irgendwo in diesem Reiseführer eine Reiseführerphrase aufstöberst, denke immer daran: Ich könnte sie ironisch meinen. Gleich hier sticht dir ein eklatanter Mangel an Häuserschluchten ins Auge. Und so viel Grün!

Von hier aus sieht man in der Abendsonne die schroffe Gebirgskette der Karawanken glänzen, oft bis in den späten Mai hinein schneebezuckert. Alle Bergnamen kenne ich nicht, aber ganz links, das ist die Petzen, und die krumme Hakennase, das ist das Ferlacher Horn. Dahinter liegt Slowenien. Kaum dreißig Kilometer ist die 2007 aufgelassene und 2015 als Folge der Flüchtlingsbewegung reaktivierte Grenzstation am Loiblpass von der Stadt entfernt. Schweifst du mit den Augen weiter nach rechts, dann kommen die Berge in dein Blickfeld, hinter denen sich Italien versteckt: In einer halben Autostunde hat man die Grenzorte Thörl-Maglern und Tarvisio erreicht. Keine italienische Reise, ein italienischer Katzensprung. Die am nächsten gelegenen Punkte der Küste des Adriatischen Meeres sind bloß zweihundert Kilometer oder zwei Stunden entfernt, das italienische Grado und die slowenischen Koper, Izola und Piran. Krk, Rijeka, Opatija, Pula, sämtliche kroatischen Badeorte Istriens, Triest, Venedig, selbst Padua: Für den Klagenfurter sind das alles Tagesausflüge. Wenn er Neid erregen will, braucht er bloß die Lage seiner Stadt ins Treffen zu führen. Willkommen am Nordrand des Südens!

Aber jetzt Schluss mit den maritimen Tagträumereien: Wir befinden uns hier nicht hinter, sondern noch vor den sieben Bergen und fahren gerade die St. Veiter Straße stadteinwärts. Darf ich dich links auf die Konditorei Fahrnberger aufmerksam machen? Hier gibt es eine große Auswahl hervorragender Torten und Mehlspeisen. Rechter Hand das weite Areal des Klinikums. Gewöhnlich wird man hier geboren, und gewöhnlich stirbt man hier auch wieder. Manchmal wird man hier auch geheilt. Wegen des Neubaus, der 2010 fertiggestellt wurde, wurde eigens das Flussbett der Glan um etwa zweihundert Meter nach Norden verlegt. Eine Baustelle ist das Areal eigentlich immer: Gerade eben entsteht das neue, größere Zentrum für seelische Gesundheit. (Wenn der Primarius nach dem Psychotherapieren seiner Patienten noch Zeit findet, analysiert und psychografiert er auch gern Thomas Bernhard. Seine frei praktizierende Kollegin Dr. Andrea Nagele wiederum schreibt zwischen katathym imaginativer Psychotherapie, Einzeltherapie, Paartherapie, Familientherapie und Gruppentherapie gerne Krimis, die in Grado zu allen Tageszeiten und bei allen Wetterlagen spielen: Grado im Sturm, im Mondschein, im Nebel, im Regen, im Dunkeln. Zu therapieren gibt's da freilich nix mehr.) Architektonisch hat man sich beim Neubau des Klinikums für dunkelgraue Betonwürfel entschieden, sodass einem, falls Genesung und Heilung schon nicht möglich sind, der Abschied aus dem Sein wenigstens in ästhetischer Hinsicht nicht besonders schwer fällt.

So. Bögest du auf Höhe des Krankenhausareals links in die Durchlaßstraße ein, könntest du die Fassade des Geburtshauses von Ingeborg Bachmann sehen, die man stehen lassen hat, als man das Haus selbst abgerissen und durch einen Wohnblock ersetzt hat. Hier hat sie aber nur die ersten drei oder vier Jahre ihres Lebens verbracht, und zu sehen ist eigentlich nichts, nicht einmal eine Gedenktafel. Von der Fassade hängt ein Stofftransparent, auf dem steht: *We create values* – was ja irgendwie stimmt. Auf dem Namensschild neben der Türklingel steht *E&S – Ertrag und Sicherheit.* Das stimmt nicht ganz. Sollte einmal eine Gedenktafel angebracht werden, aktualisiere ich Neuauflagen gerne. (Update Logbuch 2020: Das Stofftransparent ist schon wieder abgenommen, nobody creates values no more. Statt Ertrag und Sicherheit residiert hier nun ein Immobilienunternehmen. Von Bachmann nach wie vor keine Spur.) Vorderhand fahren wir also geradeaus weiter.

An der Fassade des Hauses St. Veiter Straße 24 erinnert eine kleine Gedenktafel an den Grafiker und Schriftsteller Alfred Kubin. Der österreichische Dalí absolvierte in Klagenfurt als junger Mann bei seinem Onkel, dem Landschaftsfotografen Alois Beer, von 1892 bis 1895 eine Fotografenlehre, bei der er aber nach eigener Aussage nicht viel lernte. Im Gegenteil verging ihm durch seine stupide Handlangerarbeit die Lust auf den Fotografenberuf. In Klagenfurt las Kubin viel Schopenhauer, kaufte sich ein Fahrrad, erkundete damit die Umgebung und absolvierte ausgedehnte Gasthausbummel. Einmal wollte er sich umbringen. Zu diesem Zweck setzte er sich in den Zug, fuhr nach Zell am See, stellte sich ans Grab seiner Mutter, legte den Revolverlauf an die Schläfe, schaffte es aber nicht abzudrücken und fuhr wieder zurück nach Klagenfurt. Schließlich ließ er die Fotografenlehre bleiben und übersiedelte zum Kunststudium nach München.

Schon mündet die St. Veiter Straße in den St. Veiter Ring. Wie in Wien wird auch in Klagenfurt der erste Bezirk, der hier aber nicht so heißt, von Ringstraßen umschlossen. Wie in Wien ist auch in Klagenfurt der Ring eckig. Jede Quadratseite ist nach der Nachbarstadt benannt, die in dieser Richtung liegt: der Villacher Ring im Westen, der St. Veiter Ring im Norden, der Völkermarkter Ring im Osten. Nur der Viktringer Ring im Süden ist nicht ganz analog benannt, da Viktring zwar ein bedeutendes ehemaliges Zisterzienserstift besitzt und die früheste Ansiedlung in der Gegend war, es aber nie bis zur Stadterhebung gebracht hat. Genau genommen müsste er Ferlacher oder Laibacher oder Ljubljana-Ring heißen. Wenn es kommunalpolitisch mit dem Entgegenkommen einmal so weit ist, werde ich auch diese Stelle in späteren Ausgaben gerne aktualisieren.

So einzigartige Prachtbauten wie am Wiener Ring wird man hier natürlich nicht finden, aber immerhin repräsentative Gebäude: Bankzentralen, Versicherungspaläste, das Landesgericht, ein Gymnasium, die Verlagsgebäude von Carinthia und Hermagoras, das Redaktionsgebäude der *Kleinen Zeitung*, hinter einer Häuserzeile verborgen das bischöfliche Palais mit eigenem Garten und eigenem Krankenhaus. (Ein »bischöfliches Palais« beweist die Existenz eines Bischofs ebenso wenig wie eine Kirche die Existenz Gottes. Manchmal gibt's in Kärnten einen Bischof, manchmal nicht. Jetzt gerade zur Drucklegung dieses Buches wird nach eineinhalbjähriger Sedisvakanz ein neuer Bischof inthronisiert. Es ist wohl als Geschenk Gottes zu betrachten, dass er aus der slowenischen Volksgruppe kommt – falls es eben einen Gott gibt; sonst natürlich nicht.)

In der südöstlichen Ecke steht das Konzerthaus, in dem nicht nur das Konservatorium untergebracht ist und die Veranstaltungen des Musikvereins und die meisten Bälle stattfinden, sondern auch Parteitage. Es folgen die Landwirtschaftskammer, das Landesmuseum mit der schönen kaisergelben Fassade, das »kulturelle Gedächtnis Kärntens«, das aber seit vielen Jahren geschlossen ist und laut Auskunft der Experten spätestens in vielen Jahren wieder öffnen wird, anschließend das Gebäude der Landesregierung.

Am Villacher Ring reiht sich Park an Park, zuerst der Stadtgraben, dann der Schillerpark, dann der Goethepark, unterbrochen vom Dorotheum und dem sogenannten Rothauer Hochhaus, eine Art Provinzwolkenkratzer, hauptsächlich für sehr tief schwebende Wolken gedacht. Bei seiner Erbauung in den späten Sechzigern des zwanzigsten Jahrhunderts hat das Hochhaus das ästhetische Empfinden der Bevölkerung in Hinblick auf die Ortsbildverträglichkeit so sehr gestört, dass der Aktionist Viktor Rogy zu einer radikalen Kunstmaßnahme gegriffen hat: Er fotografierte das Rothauer Hochhaus, strich die Schwarz-Weiß-Fotografie durch, ließ die durchgestrichene Schwarz-Weiß-Fotografie rahmen und stellte sie in die Auslage des Künstlerbeisls Rote Lasche auf der Kreuzung schräg gegenüber. Heute hat die Rote Lasche längst zugesperrt. Viktor Rogy ist gestorben und das Rothauer Hochhaus steht nach wie vor gelangweilt und soeben generalsaniert in der Stadt herum. Wie viele Stockwerke es genau hat, weiß ich nicht, weil mir immer schwindlig wird, wenn ich nach oben schaue. Zähl einfach selbst, wenn es dich interessiert. Du kannst mir das Ergebnis gerne mitteilen, wenn wir uns treffen. Ich füge es dann hier ein. Danke für deine Mitarbeit!

Der Schillerpark heißt Schillerpark, weil Schiller fast einmal auf Besuch nach Klagenfurt gekommen wäre, es sich schließlich aber doch anders überlegt hat und nicht gekommen ist. Die Einladung kam vom schwerreichen Klagenfurter Industriellen und Hobbyphilosophen Franz de Paola von Herbert (1759–1811), der Schiller verehrte, ihn in Jena besuchte, dessen Vorlesungen hörte und ihn finanziell großzügig unterstützte. Das war sozusagen der Klagenfurter Beitrag zum deutschen Idealismus. Der Klagenfurter Förderer wohnte in einem entzückenden, wenn auch heute leider leicht verfallenen Schlösschen an der nordwestlichen Ecke der Ringstraßenanlage, dem sogenannten Herbertstöckl, benannt nach einer der schillerndsten Klagenfurter Familien früherer Jahrhunderte. Der berühmteste Spross der Familie war Ottilie von Herbert, die erste Liedermacherin Kärntens, die in Molltonart schrieb, eine wunderschöne junge Freifrau, die mit zweiundzwanzig Jahren in der Nacht des 26. September 1847 auf den dunklen Wörthersee hinausruderte – und nie wieder zurückkam. Ihr (und nicht nur ihr) Schicksal habe ich in der Erzählung *Das Mädchen im See*[1] beschrieben. Falls du sie noch nicht gelesen haben solltest, was ich mir aber überhaupt nicht vorstellen kann, empfehle ich dir die vertiefende Lektüre dringend, selbst auf die Gefahr hin, dass du mich jetzt wieder unbescheiden nennst. Und wenn du schon in der Buchhandlung bist, nimm auch gleich den Roman von Alois Brandstetter *Cant läßt grüßen*[2] mit. Der handelt von Ottiliens Tante, die mit niemand Geringerem als Immanuel Kant im Briefwechsel stand. Es ging um Liebe, Moral und Selbstmord. Der quantitative Anteil Kants am Briefwechsel Kant–Herbert war aber vergleichbar mit dem Anteil Handkes am Briefwechsel Handke–Kolleritsch: Kolleritsch schrieb die schönen, schweren, langen Briefe, Handke die Postkartengrüße von überall, wo er gerade war. Lieber Knallfred, schöne Grüße aus Alaska! Auch bei Brandstetter antwortet nicht Kant (Cant) persönlich, sondern dessen (von Brandstetter erfundener) Amanuensis: Der aber umso ausführlicher und sachkundiger. Aus abgrundtiefer Verzweiflung über die schändliche Kant'sche Schreibfaulheit ging die Herberttant in die Drau, den Kärntner Landeshauptfluss. Das konnte nicht einmal Alois Brandstetter wiedergutmachen. Wasser übte auf die Herbert'schen Frauen eine unglückselige Anziehungskraft aus.

1 Egyd Gstättner: Das Mädchen im See. Edition Atelier, Wien 2005.
2 Alois Brandstetter: Cant läßt grüßen. Residenz, St. Pölten 2009.

Wir aber biegen von Norden kommend bei der Kreuzung St. Veiter Straße–St. Veiter Ring nicht in den Ring ein, sondern fahren geradeaus weiter bis ins unmittelbare Zentrum. Du willst ja zunächst sicher dein Zimmer beziehen und dein Gepäck loswerden, um dich freier bewegen zu können. Naheliegenderweise ist Klagenfurt eine der wenigen Städte, in denen ich noch nie im Hotel geschlafen habe. Aber den Sandwirth oder das Moser-Verdino kann man sicherlich empfehlen. Das Moser-Verdino wird allerdings nach dem Kauf durch einen Großinvestor – eben jenem sagenumwobenen Franz Peter Orasch – gerade aufwendig renoviert und soll dieser Tage mit Skybar und allen Raffinessen wiedereröffnet werden. Schauen wir mal! Wenn Schriftstellerkollegen zu Lesungen kommen, werden sie gerne im Hotel Zlami einquartiert. Da ist Ingeborg Bachmann als junges Mädel an die Wand gemalt, die Zimmer sind günstiger und doch ordentlich. Alle erwähnten Hotels liegen im Zentrum und haben also den Vorteil, dass man die Innenstadt mühelos zu Fuß erforschen kann.

IM ZENTRUM

Am besten beginnst du deinen Erkundungsspaziergang beim Lindwurm auf dem Neuen Platz. Dieser ist gerade um Millionenaufwand renoviert worden und trägt seinen Namen insofern zu Recht, auch wenn er nach der Renovierung nicht wesentlich anders ausschaut als vorher. Neu ist zum Beispiel bloß der verglaste Abstieg in die Tiefgarage und das Bachmann-Zitat auf der Verglasung:

Im land der tiefen seen und der libellen
Den mund erschöpft ans urgestein gepresst
Ruft einer nach dem geist der ersten helle
Eh er für immer dieses land verlässt.

Den Touristen, der nach einem Stadt- oder Einkaufsbummel sein Auto holt, wird dieser Vierzeiler vielleicht ein wenig verwirren. Will man ihn hinauskomplimentieren? Vielleicht fragt man einfach im Tourismusbüro gleich daneben nach diesem Geist der ersten Helle. In Klagenfurt und Kärnten verwendet man dieses Zitat auch gern für Partezettel und Beerdigungsansprachen.[3] Eines Tages muss ja auch der Mensch in die ewige Tiefgarage.

Besonders originell ist der Name des zentralen Hauptplatzes freilich nicht. (Sollte den Stadtvätern diesbezüglich etwas Sensationelles einfallen, werde ich die Sensation in späteren Auflagen dieses Führers gerne einfügen.) Apropos Führer: Früher hieß dieser Platz (wie viele andere österreichische Hauptplätze auch) Adolf-Hitler-Platz. Und bevor man den Platz wieder

3 Vgl. dazu Egyd Gstättner: Geschichten aus dem Süden. Amalthea, Wien 2005, S. 118.

nach einem Führer nennt, ist es besser, der Neue Platz heißt so lange weiter Neuer Platz, bis er steinalt ist. Das Rathaus ist übrigens nicht das architektonisch eindrucksvollste Gebäude auf dem Platz, der Rainerhof an der nördlichen Längsseite, sondern das an der westlichen Breitseite, auf dessen Dachgiebel »Rathaus« steht. Sehr leicht ist es an seiner grauen Fassade zu erkennen. Das Treppenhaus im Inneren ist riesengroß, und an den Wänden hängen die Klagenfurter Bürgermeister der letzten zweihundert Jahre in Öl. Zum Bürgermeister wird traditionell der gewählt, der am lautesten singt, am schallendsten lacht oder am meisten trinkt. Da aber Klagenfurter Bürgermeister außerhalb Klagenfurts gewöhnlich keinerlei Bedeutung erlangen und für Touristen und Gäste der Stadt völlig irrelevant sind, kann ich mir hier die Aufzählung von Namen, die eh niemand kennt, getrost ersparen. Seit dem Frühjahr 2015 steht nun eine Frau an der Spitze der Stadtregierung. Da ich aber ganz korrekt bleiben und kein Geschlecht bevorzugen oder benachteiligen will, nenne ich aus den erwähnten Gründen selbstverständlich auch ihren Namen nicht.

Der eigentliche Platzhirsch ist weder ein Hirsch noch ein Mensch, sondern ein Wurm, allerdings ein so großer Wurm, dass er genauso als Drache durchgeht, wenn er auch für einen Drachen eher klein ist: Nicht ganz so gewaltig wie man sich einen Drachen vorstellt. Du weißt, was ich meine: Die meisten Touristen sind ein wenig enttäuscht, wenn sie den Lindwurm zum ersten Mal sehen: Auf Fotografien wirkt er eindrucksvoller als in natura: hübsche Flügerl, ein niedliches Ringelschwänzchen, viele, viele Schuppen und ein fast völlig zahnloses Maul, das ihm im Grund nur weich gekochte Spaghetti als Nahrung ermöglicht. Al dente: Das war einmal. Der Sage nach hat er vor Jahrmilliarden, als sein Gebiss noch intakt war, im ehemaligen Sumpfgebiet westlich der Stadt sein Unwesen getrieben: Das heißt, er hat Jungfrauen gefressen, wahrscheinlich auch junge Nichtjungfrauen. Die Männer waren ihm zu zäh und flachsig, und die haben ihn in einer Nebelnacht mit einer perfiden Mischung aus List und Gewalt auch zur Strecke gebracht, sodass Frauentreu durch Mannesmut wiederhergestellt war. Uff, Glück gehabt! Der vor dem Lindwurm stehende Herkules, der sich mit seiner Keule gerade den Buckel schrubbt, hat das mythische Wildtier aber ebenso wenig erschlagen wie Herzog Bernhard von Spanheim auf dem Dr.-Arthur-Lemisch-Platz, einer kleinen Ausbuchtung des Neuen Platzes im Nordosten. Was der Herkules wirklich auf dem Neuen Platz verloren hat, ist jedenfalls eines der großen Geheimnisse der Stadt. Und jetzt schau einmal genau hin: Der Klagenfurter Herkules trägt einen Schnurrbart! Mittlerweile gilt es als historisch gesichert, dass Männer in der Antike entweder einen Vollbart trugen oder ganzgesichtsrasiert waren. Schnurrbärte gab es in der Antike nicht! Der Herkules schaut aus wie ein portugiesischer Volksschullehrer! (Gegen die ist natürlich nichts zu sagen.) Die dicke Frau, die hinter ihm steht, das ist nicht die Landesmutter, sondern Maria Theresia. War halt auch einmal kurz da. Man könnte sagen: Der Herkules ist von zwei Drachen flankiert.

SÜDLICH DES NEUEN PLATZES

Du verlässt den Neuen Platz am besten in südliche Richtung durch die 10.-Oktober-Straße. Da sie nach dem 10. Oktober benannt ist, dürfte sie, wie mein Philosophie-Doktorvater Manfred Moser einmal ganz richtig festgestellt hat, eigentlich nicht Zehnte-Oktober-Straße, sondern müsste Zehnter-Oktober-Straße heißen, was allerdings blöd klingt, weil die Straße grammatikalisch ja weiblich ist, der Oktober hingegen männlich. Zehnte-Oktober-Straße aber klingt so, als gäbe es in der Stadt viele, mindestens aber neun weitere Oktober-Straßen, und das sei eben die zehnte. Tatsächlich gibt es in Klagenfurt aber überhaupt keine Oktober-Straße. Ja, die Philosophie … Jedenfalls ist der 10. Oktober ein zentrales Datum der Kärntner Geschichte. Im Jahr 1920 fand an diesem Tag ein Plebiszit statt, bei dem sich die Mehrheit der Kärntner Bevölkerung, bestehend sowohl aus sogenannten Deutschkärntnern *(Deitschkarntna)* als auch aus Kärntner Slowenen, gegen den Beitritt zum damaligen Königreich Jugoslawien und für den Verbleib bei der wackligen Versuchsrepublik Kleinösterreich entschieden hat, die gerade aus der zusammengebrochenen Donaumonarchie entstanden war.

Der südliche Landesteil Kärntens war seit jeher bi-ethnisches und zweisprachiges Gebiet. Das einst vorherrschende Slowenisch wurde im letzten Jahrhundert nach und nach mit oft unlauteren Mitteln zurückgedrängt. Die 10.-Oktober-Straße jedenfalls ist das Zentrum slowenischen Lebens in Klagenfurt. Früher gab es hier das alte Kulturgasthaus Pri Joklnu (Bierjokl), das geschleift und durch eine slowenische Bank ersetzt wurde. Im Parterre des Neubaus befindet sich jetzt die Café-Bar Pavlvs, um die Ecke die Buchhandlung Haček – vormals Drava –, geradeaus die Hermagoras-Buchhandlung, der gleichnamige Verlag, das gleichnamige Heim und der gleichnamige zweisprachige Kindergarten. Seit sich das Verhältnis der Volksgruppen nach und nach entspannt, schicken auch manche einsprachig-deutschkärntnerische Eltern ihre Kinder in den slowenischen Kindergarten, einfach um ein politisches Zeichen zu setzen. Slowenisch ist aber ebenso schwer zu lernen wie Deutsch, und viele Sprösslinge vergessen ihre rudimentären Slowenischkenntnisse nach dem Kindergartenabgang gleich wieder. Um Goodwill und Sympathie mit der Minderheit zu demonstrieren, kannst du in einem eventuellen Gespräch ja wenigstens ein paar slowenische Höflichkeitsworte in deine deutschen Sätze einbauen: Lahko noč, dobro jutro, dober dan, dober večer, dober tek, hvala lepa, volim, nasvidenje! Das ist ja nicht so schwer. Und zu wissen, dass Kärnten auf Slowenisch Koroška und Klagenfurt Celovec heißt, tut auch nicht weh.

Das Café Kosta auf der gegenüberliegenden Straßenseite, das ich in der Erstausgabe erwähnt habe, existiert nicht mehr, daher auch nicht das Plakat des Slowenischen Athletikclubs Klagenfurt in der Garderobe, nur der SAK selbst existiert noch, und seine Heimspiele trägt er nach langen Wanderjahren innerhalb der Stadt von Platz zu Platz momentan im Stadtteil Welzenegg aus. Ich gehe jede Wette ein, dass ich diese Stelle bei der nächsten Auflage schon wieder korrigieren muss.

Richtungsweisend und visionär ist (oder war) dieser SAK auch insofern, als er die Dressen für seine Kampfmannschaft nicht bei einem der global agierenden Sportartikelhersteller in Auftrag gegeben hat, sondern beim Kärntner-slowenischen bildenden Künstler Rudi Benétik. Der SAK spielte mit künstlerisch wertvollen, weltweit einzigartigen Dressen, mit Unikaten: Die sinnvolle Symbiose – und Kooperation – von Kunst und Sport, sozusagen auch eine Klagenfurter (Celovecer) Erfindung, sei hiermit zur Nachahmung empfohlen!

Im Jahr 1832 legte France Prešeren in Klagenfurt die Richter- und Anwaltsprüfung ab, dem deswegen vom Österreichischen P.E.N.-Club eine (zweisprachige!) Gedenktafel am Viktringer Hof, dem Gebäude an der südöstlichen Ecke des Neuen Platzes, gewidmet wurde. Da wird er »der bedeutendste Dichter der Slowenen« genannt. Auf der Gedenktafel ist freilich zu wenig Platz, um zu erzählen, dass das Leben Prešerens unglücklich verlief und der Dichter mit bloß neunundvierzig Jahren in äußerster materieller Not an einer Leberzirrhose starb. Ohne es zu wissen, schuf France Prešeren mit seinem »Trinklied« die offizielle Nationalhymne des jungen unabhängigen Staates Slowenien, der hundertvierzig Jahre nach seinem Tod ausgerufen wurde.[4] Eine Prešeren-Kugel, die man sich wie eine Mozartkugel vorstellen kann (nur statt marzipanisiertem Mozart eben marzipanisierter Prešeren im Inneren), gibt es aber nur in Ljubljana.

Im Ortsteil St. Peter im Osten der Stadt stehen ein slowenisches Gymnasium und eine slowenische Handelsakademie. Das Büro von Lojze Wiesers gleichnamigem Verlag ist mittlerweile wieder ins Stadtzentrum übersiedelt. Seit über fünfundzwanzig Jahren organisieren Schüler dieses slowenischen Gymnasiums mit kleinem Budget und großem Engagement das jährliche Kulturfestival »Kontaktlinse«. Kärntner Slowenen haben beträchtlichen Anteil an der Literatur des Landes und der Stadt: Von der Lyrikerin Maja Haderlap bis zu Gustav Januš, Florjan Lipuš, Fabjan Hafner (gest. 2016) oder Jani Oswald, vom Aphoristiker, Essayisten, Rezensenten und Richter Janko Ferk bis zu Janko Messner, dem neben anderen auch das Kunststück gelungen ist, schon weit über achtzigjährig den Würdigungspreis des Landes für Literatur »vorläufig abzuleh-

4 France Pešeren: Gedichte/Pesmi. Hermagoras, Klagenfurt 2000.

nen« – nämlich bis zu einer zufriedenstellenden politischen Lösung des Ortstafelkonflikts. Nun ist der unselige Ortstafelkonflikt zwar mittlerweile beigelegt, Janko Messner aber am Nationalfeiertag 2011 verstorben.

Verdient gemacht hat sich um die Anliegen der Kärntner Slowenen auch der in Klagenfurt geborene Autor und Journalist Thomas Pluch, der an der Universität Wien über die Volksabstimmung 1920 dissertiert hat. Als Redakteur der *Wiener Zeitung* hatte er die literarischen Sonderbeilagen *Extra* und *Lesezirkel* aufgebaut, seine wichtigste literarische Arbeit war das Drehbuch zum Film *Das Dorf an der Grenze*. Gestorben ist Thomas Pluch achtundfünfzigjährig ganz plötzlich und sozusagen live auf Sendung an einem Gehirnschlag während der Romy-Verleihung in einem großen Festzelt vor dem Wiener Rathaus, sodass die Freudenfeier schlagartig zu einer Trauerfeier mutierte. Selten hat ein Schriftsteller den Menschen die doppeldeutige barocke Weisheit *Alles ist eitel* so erschreckend präzise vor Augen geführt. Überlebt hat die Romy (2008 in der Kategorie »Bestes Drehbuch« und »Beste Comedy«) hingegen der am Weihnachtsabend 1967 in Klagenfurt geborene Schauspieler und Autor Rupert Henning, bekannt vor allem dank der ORF-Satireserie *Die 4 da*. Nicht überraschend viel weniger bekannt sein Lyrikband *Im Ruf eines Vogels*.

Nach der Kreuzung mit dem Viktringer Ring geht die 10.-Oktober-Straße in die St. Ruprechter Straße über. Gleich das erste Gebäude links ist die Bundespolizeidirektion. Hier sitzt Chefermittler Johann Sichalich[5], hat seine Beine auf der Schreibtischplatte gelagert, wartet auf bessere, also auf schlech-

5 Johann Sichalich ist eine Figur im Werk Egyd Gstättners (also von mir), ein Kommissar und Hauptprotagonist des Kriminalromans *Ein Endsommernachtsalbtraum* (Picus, Wien 2012), in dem er den Mord am Leiter des Altersheims neben der Polizeidirektion aufklärt. Der Roman beruht übrigens auf einer wahren Begebenheit.

tere Zeiten und damit auf all die raffinierten Morde, die er aufklären könnte, die aber nicht und nicht begangen werden. Einstweilen schreibt er hier seine Opernkritiken und wehrt sich mit Händen und Füßen gegen seine zudringliche Sekretärin Jasmin Haberer.

Gleich nach der Bundespolizeidirektion folgt ein Altersheim und nach dem Altersheim konsequenterweise das Landesarchiv. Dahinter verbirgt sich der Kärntner Fußballverband. Gegenüber auf der anderen Straßenseite erstreckt sich das Messegelände. Ja, Klagenfurt ist auch stolze Messestadt: Begonnen hat es mit der Holzmesse. Mittlerweile gibt es aber auch eine Gastronomiemesse, eine Freizeitmesse, eine Gesundheitsmesse, eine Seniorenmesse und eine Häuslbauermesse. Wer sich das alles anschauen soll, weiß ich nicht. Des Volkes wahrer Himmel ist der Rummelplatz im westlichen Teil des Areals. Neuerdings heißt er Gaudepark, von der lateinischen Studentenparole *Gaudeamus igitur* abgeleitet. Der Schriftsteller Alexander Widner hat einmal angemerkt, dass in allen Städten die Universität traditionell im Zentrum, das Messegelände hingegen am Stadtrand liegt. Nur in Klagenfurt verhält es sich genau umgekehrt: die Messe im Zentrum, die Uni am Rand. Diese stadtplanerische Widersinnigkeit hat Alexander Widner, der jahrzehntelang hier gelebt und bis zum Umfallen als Kulturbeamter geschuftet hatte, so ergrimmt, dass er als Pensionist nach New York emigriert ist. He did it his way. Denn in New York liegt der Rummelplatz am Rand. (Update Logbuch 2020: Mittlerweile ist Widner zurückgekehrt und lebt, wie der Vorschau zu seinem neuen Band *Bloße Anwesenheit* zu entnehmen, »jetzt und voraussichtlich für den Rest seiner Tage in Klagenfurt«.)

In meiner Kindheit war das Messegelände noch wirklich eines. Mittlerweile drängt sich eine große Halle an die nächste, und außerhalb der Schauen werden sie auch für Shows genutzt, also für die Produktion großer Samstagabendfernsehsendungen: Der *Musikantenstadl* fand ebenso hier statt wie eine Ausgabe von *Wetten, dass ...?* (im Februar 2004). Der Niedergang dieser medialen Lagerfeuer ist freilich auch an Klagenfurt nicht spurlos vorübergegangen. Jetzt soll – geht es nach den Plänen des Großinvestors und Widner-Fans Orasch, das Messegelände an den Stadtrand zum Flughafen verlegt werden.

In einer der kleineren Hallen, der Halle 11, genau zwischen Business-Park und Gaudepark gelegen, hat das »ke«, das »klagenfurter ensemble«, *das* off-scene Theater der Stadt, ein Kellertheater ohne Keller, nach vielen Jahren der Wanderschaft nun eine bleibende Heimspielstätte gefunden. Sein Leiter, Gerhard Lehner, ein Theaterenthusiast durch und durch, steht auch selbst so oft wie möglich auf der Bühne, kongenial ergänzt von Schauspielerinnen und Schauspielern wie Nadine Zeintl und Oliver Vollmann. Immer wieder produziert das ke auch Stücke zeitgenössischer einheimischer Autoren. Zwei besonders gelungene Beispiele aus der jüngeren Vergangenheit waren Alexander Widners *Nietzsche oder Das deutsche Elend* und Antonio Fians *Owe den Boch*. Besonders stolz ist Gerhard Lehner darauf, dass sich der junge Kärntner Slowene Martin Kušej an seiner Bühne die ersten Sporen verdient hat, bevor ihn das Klagenfurter Stadttheater und das Wiener Burgtheater engagiert haben, er ein großer Regiestar in Deutschland – und jetzt sogar Wiener Burgtheaterdirektor geworden ist. Zur Zeit der Drucklegung dieser Neuausgabe hat das ke gerade sein Vierzig-Jahre-Bestandsjubiläum hinter sich.

Da mich besagter Gerhard Lehner um eine Gratulationsspende zum ke-Jubiläum »40 Jahre Unglück« gebeten hat, kann ich der Versuchung nicht widerstehen, sie hier als Exkurs einzufügen.

Bereits als Mittelschüler habe ich Produktionen des ke – damals noch in den Katakomben von Siebenhügel – bewundert: *Die Fliegen* des französischen Shootingstars Jean-Paul Sartre etwa oder *Milan* des Kärntner Shootingstars Hans Gigacher. Da war mir klar: Ich will auch ein Shootingstar werden. 1994 – als Zweiunddreißigjähriger – ging mein Lebenstraum in Erfüllung: Meine *Räuber* wurden als ke-Produktion im Volxshaus am Rudolfsbahngürtel gegeben. Gerhard Lehner eineinhalb Stunden vor versammeltem Publikum gefesselt auf der Bühne – das hatte schon was! Zwei Jahre darauf wurde mein Drama unter dem neuen Titel *Schopenhauer* nochmals uraufgeführt – am Wiener Volkstheater, im großen Haus, in der Premierenloge saß der gefürchtete österreichische Kritikerzar Karl Löbl und sagte vor laufender Kamera ... na, ich will nicht protzen, jedenfalls: Eine Sternstunde der Fernsehgeschichte und des Theaters! Heute kann ich es dem ke zur brennenden Geburtstagstorte legen, dass es vom Wiener Volkstheater nachgespielt wurde: soviel ich weiß, das einzige Mal in seiner Geschichte (und in der Geschichte des Volkstheaters). Die deutsche Erstaufführung passierte im darauffolgenden Jahr im Wolfgang-Borchert-Theater zu Münster, bekanntlich eine der ersten Bühnen im deutschsprachigen Raum. Mir aber ging es wie dem Jungen von St. Pauli: Ich tauschte all die fernen Länder gegen eine Heimfahrt ein, denn 2001 brachte das ke *The Spitzweg Project* auf die Bühne – in der Lieglgarage: eine wirklich richtungsweisende Produktion, in der Helmut Bohatsch als Spitzweg und Gerhard Flaschberger als Wirt Bayerlacher brillierten, die heute zur Crème de la Crème der Schauspielergarde zählen! (Ohne Spitzweg würde Schnell nur langsam ermitteln!) Man wird es kaum glauben, aber bei der Uraufführung gab es sogar lautstarke Störaktionen durch das Wanderbühnenehepaar Liepold-Liepold-Mosser und den Ehepaartheaterverein Wolkenflug. Darauf bin ich besonders stolz. Sie haben sich beim Stören wirklich Mühe gegeben! Veritablen Theaterskandal habe ich zwar leider trotzdem keinen zusammengebracht, aber dafür ist gleich darauf die Lieglgarage zusammengestürzt. Auch nicht schlecht. Heute als hochmittelalter Dichter verlasse ich meine Dichterstube nur noch selten und gehe auch kaum ins Theater – aber wenn, dann vor allem ins ke in der Theaterhalle 11. Bei den meisten Vorstellungen applaudiere ich heftig. Bei den wenigen Flops nicke ich ein und träume von alten Zeiten ...

In der nördlichsten Messehalle wiederum, in der sogenannten Stadthalle, trägt die Eishockeymannschaft des KAC ihre Heimspiele aus. Diese drei Buchstaben sind nun schon seit einem Jahrhundert der ganze Stolz der Stadt und überstrahlen jedes andere Sportgeschehen bei Weitem. Der KAC ist über hundert Jahre alt und eine Institution. Einunddreißig österreichische Eishockeymeistertitel hat dieser KAC zum Zeitpunkt der Niederschrift zu Buche stehen – zwei sind seit der Erstausgabe dieses Porträts dazugekommen, 2014 und eben erst 2019: Der KAC ist also amtierender oder regierender österreichischer Meister. Allerdings bedeutet Amt und Regierung in dem Fall nicht viel. Die Mannschaft wird auch die »Rotjacken« genannt, denn »rot wie Blut und weiß wie Schnee – das sind die Farben des KAC«. Es gibt im Umkreis von Klagenfurt etliche kleine Seen und Teiche, die im Winter auch noch in Zeiten des Klimawandels oft zufrieren und den Jugendlichen Gelegenheit zum Eislauf und Eishockeyspielen, den Älteren zum Eisstockschießen und Punschtrinken bieten. Aber die lange, ungebrochene Tradition der Rotjacken, die große Faszination, die sie ausüben, lassen sich vielleicht am ehesten so erklären, dass Eishockey in Klagenfurt kein Monopol der Eishockeyfanatiker und Sportfreunde, nicht einmal der Männer ist. Hier in der Stadthalle treffen sich die Bevölkerungsschichten, die Generationen und die Geschlechter. Gerade auf den Stehplatztribünen begeistern sich die jungen Mädchen mit ihren rot-weißen Schals oft nicht nur für Spielzüge und Tore, sondern auch für die Gesichter der Eishockeyprofis. Und wenn man beim Eishockeyprofi kein Glück hat, kann man es immer noch beim Eishockeyfan versuchen. Nichts aufwühlender und aufregender, als das Mitfiebern bei großen sportlichen Triumphen mit einer aufkeimenden pubertären Romanze zu verbinden ... Es gibt in Klagenfurt wie in keiner zweiten österreichischen Stadt Eishockeydynastien: Familien, aus denen sowohl Vater als auch Sohn in der Kampfmannschaft des Vereins gestanden sind, manchmal auch schon der Großvater und noch der Enkel: die Kalts, die Königs, die Pöcks, die Bans und Brabants, die Reichels und vor allem die Puschnigs. Nach Puschnig dem Älteren, dem Vater Sepp, ist die dazugeflickte Trainingshalle benannt. Er ist der einzige lebende Klagenfurter, nach dem in Klagenfurt ein Bauwerk benannt ist. Nicht zu vergessen: Der sogenannte Karawankenbär, der legendäre Severin Sugar Sereinig ist hier auf seinen Kufen übers Eis geflitzt.[6] Anlässlich seiner Verabschiedung im März 2019 haben Werner Schneyders Hinterbliebene in der Parte gebeten, von Kranzspenden Abstand zu nehmen und stattdessen lieber für den KAC zu spenden (Erlagschein lag bei). Da sind sicher mehr als hundert Pfund zusammengekommen, auch etliche Kanadische Dollars und Norwegische Kronen, und prompt ist der KAC wenige Wochen später wieder österreichischer Eishockeymeister geworden. Da soll noch einmal jemand behaupten, Kunst könne nichts bewirken. Vor allem aus dem Jenseits heraus vollbringt sie manchmal wundervolle Dinge. In diesem Zusammenhang kann ich mir das Detail nicht verkneifen, dass der KAC-Stürmer David Schuller, der

6 Severin Sugar Sereinig ist der Held in Egyd Gstättners (also meinem) Eishockeyroman *Untergänge* (Edition Atelier, Wien 1995).

seinem Team mit einem sensationellen Sudden-Victory-Finaltor einen Meistertitel bescherte, in seiner aktiven Zeit außerdem den Lyrikpreis der Stadtwerke gewann. Welche zweite Stadt der Welt kann Derartiges von sich behaupten?

Im Jahr 2017 drehte die Graf-Film die TV-Komödie *Harri Pinter, Drecksau*, die von einem ehemaligen Eishockeystar handelt, der im späteren zivilen Leben sozial abgestiegen und mäßig erfolgreich ist: Fahrschullehrer, von der Lebensgefährtin zugunsten eines universitären Watzlawick-Wissenschaftlers verlassen, als Nachwuchseishockeytrainer entlassen und mit Eishallenverbot belegt. Dargestellt wird Harri Pinter vom Klagenfurter Schauspieler Juergen Maurer, der die Figur bei all ihrem tollpatschigen Imponiergehabe doch sehr liebenswert interpretiert. Wie immer in ähnlichen Fällen stellen die Insider die Frage *who is who*, und viele wissen oder meinen zu wissen, wer in Wirklichkeit hinter der fiktiven Figur steckt. Ein zweiter Klagenfurter Schauspieler, Hosea Ratschiller, spielt Dörki Potschevaunig (früher einmal sind solche Figurennamen nur Johann Nestroy eingefallen!), ein Langzeitstudent, der die KAC-Fanzeitung herausgibt, unbeirrt zu seinem Idol hält und ihn und ihn durch die Midlife-Crisis leitet. Zuerst lief der Film lange in den Kinos, Ende 2018 wurde er auch im Fernsehhauptabendprogramm gezeigt, er genießt in Klagenfurt und Kärnten wegen der Wiedererkennungseffekte eine Art Kultstatus. Außerhalb des Landes nimmt das Verständnis für die Hauptfigur, wie ich gehört habe, leider deutlich ab. Immerhin konzediert man Harri Pinter und seinen und meinen Landsleuten, den charmantesten Dialekt Österreichs zu haben. Jetzt hör einmal genau zu und sprich mir nach: Maaaiii liiiaaaab! Jooeeeh, obaa a soaa Tschriiiersche …

Das wäre freilich schon ein großer Zufall, dass ausgerechnet an dem Tag, an dem du Klagenfurt besuchst, auch tatsächlich ein Eishockeyspiel stattfindet. Und wenn doch, dann würde es dir kaum gelingen, eine Eintrittskarte zu ergattern: Neunundneunzig Prozent der Plätze sind von Abonnenten belegt. Für eine Karte aus dem restlichen Prozent hättest du dich früher um fünf Uhr Früh in der Menschenschlange vor dem Verkaufsbüro am Neuen Platz anstellen müssen. Fast jedes Spiel war und ist schon Wochen vorher ausverkauft. Daher plant man jetzt eine neue, größere KAC-Halle draußen am Stadtrand in Seenähe zu bauen. Die ursprüngliche Heimstätte des KAC befand sich in der Magazingasse nördlich des St. Veiter Rings und war eine Freiluftarena, an deren Stelle heute eine Tennishalle steht. Das anschließende Kleinstadion der leider längst nicht so erfolgreichen Fußballsektion des KAC existiert in leicht renovierter Form aber noch. Die Pläne für eine neue Eishalle in der Seegegend sind im letzten Jahrzehnt Pläne geblieben und werden es für unabsehbar lange Zeit bleiben. Geplant ist außerdem ein KAC-Museum: Es wäre höchste Zeit! Die Menschenschlangen am Neuen Platz formieren sich mittlerweile online.

Aber du kannst dich ins Frankie's setzen, wo früher der Stadthallenwirt war, ein gepflegtes Lokal, das vor allem mit Burger, Spareribs und Großbildschirmen brilliert, wo Eishockeyspiele und Fußballspiele übertragen werden. Das eine oder andere KAC-Requisit von früher hat sich dort erhalten. Und nach dem Essen und während einer Spielunterbrechung liest du in aller Ruhe den folgenden kleinen Exkurs:

DIE ROTJACKEN

Das Spiel ist immer das gleiche, nur dass früher einmal die Väter gespielt haben, dann unsere älteren Brüder, dann wir – oder wenigstens unsereins –, heute unsere Söhne, und vielleicht erleben wir auch die Enkel noch. Früher einmal haben wir einem

Puschnig oder einem Kalt zugejubelt, einem König, einem Pöck, einem Ban, einem Brabant. Ein Vierteljahrhundert später flitzen wieder dieselben Namen über das Eis, nur dass man seinen Söhnen nicht mehr nacheifern kann. Aber die Vereinsgeschichte ist eine Ansammlung von Familiengeschichten. Der Malermeister, der Schlosser und der Konditor lassen ihre Kleinen zunächst einmal bei den Bambini beginnen. Und erst wenn es mit einer großen Eishockeykarriere nichts wird, werden die Söhne wieder Malermeister, Schlosser und Konditor. Die Eltern bleiben Zusatzsponsor, Ehrensache. Die Vereinsgeschichte ist hier auch Stadtgeschichte, und wo die Leidenschaften nachlassen, werden sie durch Tradition ersetzt. Es wird ein KAC sein, und wir werden nicht mehr sein. Gespielt haben auch schon unsere Urgroßväter: Den ersten Meistertitel hat der KAC 1934 gewonnen. Villach war damals noch nicht einmal gegründet. (Wie überall auf der Welt existiert eine Rivalität unter Nachbarstädten. Villach liegt westlich von Klagenfurt – nicht direkt am See –, ist etwa halb so groß, nicht Eishockey-Rekordmeister und hat den Nachteil, dass seit der Stadtgründung noch kein Villacher Schriftsteller ein Villacher Stadtporträt geschrieben hat. Dabei ist es ein hübsches Städtchen, hat durchaus ebenfalls große Söhne (zum Beispiel Paul Watzlawick, Werner Kofler, vor allem Konrad Paul Liessmann), mich behandelt man bei meinen Gastauftritten ausgesprochen zuvorkommend, und wenn mich die Klagenfurter (Politiker) eines Tages aus Klagenfurt hinausekeln, übersiedle ich und schreibe das Villacher Stadtporträt.) Jetzt ist der KAC Rekordmeister, und zu meinen Lebzeiten wird sich daran nichts ändern: Das wäre rein rechnerisch kaum noch möglich. Im Salon Kurt schräg gegenüber der Messehalle hingen die Gruppenfotos aller Meistermannschaften friedlich vereint. Herr Kurt ist mittlerweile in Pension gegangen, sein Eishockeyfrisiersalon Kurt existiert nicht mehr und hat eine Lücke hinterlassen, die nicht geschlossen werden kann. Wer älter wird, muss mit immer mehr Lücken leben, bis er selbst die Lücke wird, die er hinterlässt.

Das Spiel ist immer das gleiche, nur dass wir uns früher, weil wir als Buben kein Geld für Eintrittskarten hatten, Tarnfarben ins Gesicht schmierten, beim Klettern über den Maschendrahtzaun Parkas und Anoraks zerrissen, uns im Schutz von Dunkelheit, Nebel oder Schneesturm an Polizeihundepatrouillen vorbei in der ersten Drittelpause ins Raucherareal vor der Eishalle schwindelten und so unser wöchentliches Eintrittseroberungsabenteuer hatten, während wir heute unsere Sitzplatzabokarten im gleißenden Licht des Haupteingangs gelangweilt in die elektronische Kassa schieben und beim Niedersetzen nicht wissen, wohin mit unseren schicken, schweren Pelzlederjacken: Seit ein paar Jahren wird die Halle beheizt, und die *Steher* schwitzen mit ihren langen rot-weißen Solidaritätsschals um den Hals. Leider sieht man vom Sitzplatz aus nicht mehr so viel wie früher auf den gedroschen vollen Stehplatzrampen, wo man sich akrobatisch verrenken und um die Betonpfeiler herumwinden musste, um aus dem Augenwinkel noch irgendetwas vom Spiel mitzubekommen. Selbst dazu müsste man wie früher zwei Stunden vor Spielbeginn in der Halle sein.

Rot wie Blut und weiß wie Schnee: Das sind die Farben des KAC! Der KAC braucht keine Wings, keine Eisbären, keine Bulls, keine Eagles, und Klagenfurt hieße auf Englisch auch bloß Klagenfurt. Aber die drei in Stein gemeißelten Buchstaben K und A und C üben eine magische Anziehungskraft aus, von der alle anderen Buchstaben des Alphabets nur träumen können. Das Spiel ist immer das gleiche, nur dass sich der Hallensprecher heute auch als Einpeitscher versteht und das Publikum aus seiner Lethargie zu reißen versucht. Seit Jahrzehnten ärgern sich die fanatischen *Steher* über die distinguiert klatschenden *Sitzer* und vor allem über die versteinerten VIPs, die überhaupt nicht aus der

Reserve zu locken sind und sich unabhängig vom Spielstand fünf Minuten vor jeder Drittelpause zum warmen Buffet zurückziehen. Das hat es früher nicht gegeben. Gegeben hat es früher auch die CineCity nicht, den Kinopalast am östlichen Stadtrand, wo die Finalspiele auf vier großen Leinwänden übertragen werden, sich auch da tausend junge Menschen drängen, im Rhythmus klatschen, den Tormann anfeuern und den gegnerischen Verteidiger, wenn er auf die Strafbank muss, im Chor »Psycho« nennen, als könnte der sie hören. Dass auch Gegner eine Psyche haben, ist außerdem ganz sicher im Sinn der Schöpfung.

Das Spiel ist immer noch das gleiche, nur dass wir, seit wir schweren Herzens das Rauchen aufgegeben haben, selbst nicht mehr nach der Drittelpause lechzen, um für ein paar gierige Brustzüge hinaus in die raue Winternachtluft vor die Halle zu kommen. Außer Frankfurter Würstel gibt es nun auch Pizzaecken, nur die Marzipanpucks der Konditorei Musil mit dem Schriftzug aller Spieler gibt es leider nicht mehr. Das waren noch Zeiten! Als Maturant habe ich diese Marzipanpucks für den König der Cracks gekauft, den Rudi König (Center der genialen Sturmreihe Pöck-König-Sadinja), ein Mann mit einem Bart wie der junge Sigmund Freud. Denn ein Tor wie seines beim österreichischen 6:5 über Polen bei der Eishockeyweltmeisterschaft 1982 (Gruppe B), die in Klagenfurt stattgefunden hat, das hatte die Welt noch nicht gesehen: Er umkurvte das polnische Tor, spielte sich den Puck mit dem Rücken zum Gehäuse durch die eigenen Beine, machte eine blitzschnelle Körperdrehung um hundertachtzig Grad und zirkelte einen Slapshot ins kurze Kreuzeck! Millimetergenau! Ich schwöre! Jetzt war Polen verloren! Ein Kollektivorgasmus für fünftausend und die Zahllosen daheim an den Bildschirmen. Der Held mit der Nummer fünf war einer der letzten Topstars, der nach Karriereende einen bürgerlichen Beruf brauchte (und vom Magistrat auch bekam). Aber dafür ist er nach wie vor im Stadtbild vorhanden.

Meine damalige Freundin kaufte ihren Marzipanpuck für Tommy Cijan, der gegen Rumänien nach vier Sekunden auf 1:0 gestellt und damit das schnellste Tor der ganzen Weltmeisterschaft geschossen hatte. Oder welch fabelhafte Legionäre hier gespielt haben: Del Saint John! Zyplakow! Der Finne Seppo Ahokainen! Der Norweger Bjørn Skaare! Eddie Lebler! Und, und, und. Na ja, Tempi passati!

Das Spiel ist immer das gleiche, und es ist noch immer ein Augenschmaus, wenn der Tormann wie ein Reptil, das seine Zunge auf Insektenjagd blitzschnell ausfährt, seine Fanghand plötzlich zur Seite schnellen lässt und mit dem Fanghandschuh den durch die Luft flitzenden Puck fischt oder wenn die schwarze Scheibe ins Kreuzeck zischt und im Tornetz zappelt, auch wenn ein Tor für den KAC heute keine reale Verbesserung meines Lebens mehr bedeutet, ein Gegentor keinen wilden Weltschmerz. Auch die Ressentiments anderen österreichischen Kleinstädten gegenüber sind Vergangenheit. Bei Auswärtsspielen hängen wir nicht mehr aufgeregt an den Radiogeräten.

Das Spiel ist immer noch das gleiche, aber nie wieder werden die jungen Mädchen auf den Stehplätzen so hübsch sein wie die damaligen, die den großen Eishockeystars nachgestellt haben und sich dann mehrheitlich doch mit unsereins begnügen mussten, die die Eishockeyschlachten in Straßenschuhen und mit alten Tennisbällen auf dem asphaltierten Parkplatz von Konsum und Interspar nachgestellt haben, jedenfalls so lange, bis die Anrainer um ihre liebe Wochenendruhe gebracht die Polizei verständigt haben. Die nächsten hübschen Mädchen in den rot-weißen KAC-Schals werden schon unsere Töchter sein.

Kindheit und Jugend sind vorbei. Der KAC ist wieder Meister geworden, alles freut sich, und die ganze Stadt hat sozusagen ihre Rotjacken angezogen, aber das ist eine sehr vergängliche, hinfällige Schlagzeile. Es wird auch wieder andere Meister geben, vorübergehend. Nur der Abstieg kommt nicht infrage: Der KAC wird uns nicht verlassen. Der KAC wird spielen, solang es Eishockey gibt. Und Eishockey wird es geben, solang es Winter gibt. Notfalls länger. Ein Einziger aus unserer Clique hat damals Anfang der achtziger Jahre aber tatsächlich Einlass ins Zentrum der Großfamilie gefunden, als Mittelstürmer im dritten Angriff der KAC-Juniorenmannschaft: Gernot Daxkobler ist bei einem haarsträubenden Unfall ums Leben gekommen, neununddreißig Jahre alt. Unter seiner Urne lehnt an der Friedhofsmauer von Bad Kleinkirchheim ein Bild, das ihn gemeinsam mit seinem kleinen Sohn in voller Montur, in der roten Jacke der Rotjacken auf dem Eis zeigt; seinen Stock hält er wie vor einem Bully, als ginge das Spiel gerade erst los. Darunter steht: Danke für die Zeit mit dir.[7]

Gehst du nun die St. Ruprechter Straße weiter Richtung Süden, so gelangst du zur neuen Bahnunterführung, dem im Volksmund sogenannten *Tunnel zum Bosporus*, hinter dem St. Ruprecht beginnt, ein Stadtteil mit hohem Ausländeranteil, eine Art Karawankenottakring. Hier tragen die Frauen noch wie früher Kopftücher, und die Männer interessieren sich für Galatasaray, Roter Stern oder Hajduk Split. Im Gemeindezentrum ist aber außerdem das Volkskino, das auch Alternativkino heißt, untergebracht, wo man in einem kleinen Saal große Filme sehen kann. Wer ein Intellektueller ist (oder sich dafür hält), der geht lieber hierher als in die große CineCity am Ostrand der Stadt. Untrennbar verbunden mit dem Volkskino ist der Name seines Gründers Horst Dieter Sihler. Auf dem Kinoplatz befindet sich zwischen Pizza-Kebap Antalya und dem African Shop das Klagenfurter Ordnungsamt. Dessen Tür ist älter als das Amt selbst, und auf ihr steht: »Es handelt sich

7 Aus: Egyd Gstättner: Geschichten aus dem Süden. Amalthea, Wien 2005.

um die original Gefängnistüre von St. Ruprecht unter Bgm. Wenger!« Da schau her …

Aber du bist nicht wegen eines Kino- oder Knastbesuchs nach Klagenfurt gekommen. Also biegst du links ab und erreichst nach ein paar Hundert Metern den Bahnhof, der, einst ein architektonisches Prunkstück, am 16. Jänner 1944 bis auf die Grundmauern niedergebombt, nach dem Ende des Zweiten Weltkriegs scheußlich sachlich wiederaufgebaut und schließlich vor Kurzem von Grund auf restauriert und modernisiert und mit einem spektakulären Vordach versehen wurde.

Giselbert Hoke ist heute fast in Vergessenheit geraten – in den sechziger Jahren galt er als der Skandalmaler schlechthin. Er ist nämlich Gestalter der Klagenfurter Bahnhoffresken, die sich an Szenen von Picasso orientieren. Das war der Bevölkerung »zu viel« und einfach viel zu modern. Der einundzwanzigjährige Hoke hatte den Kunstwettbewerb für den neuen Bahnhof gewonnen. Auf einer Gesamtfläche von fast dreihundert Quadratmetern malte er rund sechs Jahre, bis 1956, an den jeweils zweiundzwanzig Meter breiten und fünf Meter hohen Bildern »Wand der Kläger« und westseitig an der »Wand der Angeklagten«. Heute stößt sich niemand mehr an den Bildern. Bei der Eröffnung des Wiederaufbaubahnhofs aber gab es einen Skandal wegen Hokes Fresken, die auch den letzten Modernisierungsschub im Jahr 2000 überstanden haben und auf der Rolltreppenfahrt bequem zu besichtigen sind.

Hoke hat übrigens auch Fliesenfresken für das städtische Hallenbad, vom Bahnhof nur ein paar Steinwürfe entfernt, gemalt, und auch das Hallenbad wurde renoviert. Die Bauarbeiter verwechselten Hokes Kunst aber mit Müll und brachten die abgeschlagenen Fliesen auf die Mülldeponie. Erst im letzten Moment konnte das Missverständnis aufgeklärt und die Fehlinterpretation rückgängig gemacht werden. Das städtische Hallenbad in der Gasometergasse wird schon mindestens ebenso lang virtuell abgerissen wie das Eisstadion. Es gab jahrelange hitzige Debatten und politisches Hickhack bezüglich des neuen Standorts. Jetzt scheint der Neubau in Seenähe aber beschlossene Sache. Was mit den Fresken von Giselbert Hoke – im April 2015 achtundachtzigjährig verstorben – geschieht, ist hingegen nach wie vor völlig offen. Ich werde in zehn Jahren berichten. Aber sonst ist Klagenfurt natürlich eine Kulturstadt.

Ein anderes interessantes Detail ist das neue Bahnhofsrestaurant, das »Reste« heißt. Es ist aber nicht so gemeint. Der »Bahnhofsrestler« wiederum ist eine Figur, die Leander »Lele« Bukoschek kreiert und bei den Klagenfurter Faschingssitzungen, dem sogenannten »Stadtgerücht zu Clagenfurth« verkörpert hat, das zur Karnevalszeit in einer der Hallen des Messegeländes stattfindet. Bis zu seinem plötzlichen Tod im Sommer 2008 war der Auftritt des »Bahnhofsrestlers«, eine Art Klagenfurter lieber Augustin mit Hausmeistermantel, Schlapphut und Bierflasche in der Hand, stets der unumstrittene Höhepunkt der Sitzung. Statt *Alles ist hin* sang er *Der Wurm ist drin* oder *Wir sind alle kleine Sünderlein*, immer aber das Hohelied des Trinkens und Faulenzens. Und obwohl er gestorben ist, gibt es den Bahnhofsrestler – als Figur – auch heute noch.

Einem der größten praktischen Triumphe meiner Literatur kannst du beim Verlassen der Bahnhofshalle begegnen, wenn du auf den Vorplatz trittst, der vor zehn Jahren bei Drucklegung der Erstausgabe noch ganz falsch Walter-von-der-Vogelweide-Platz hieß und – nachdem ich Hohn und Spott über das fehlende stumme h vergossen habe, jetzt tatsächlich reumütig korrigiert Walther-von-der-Vogelweide-Platz heißt – sowohl auf dem Vorplatz als auch in der Bahnhofshalle! Gerade dass sich die Stadt nicht bei mir bedankt hat dafür, dass ich sie auf die Peinlichkeit aufmerksam gemacht habe! Das wäre aber doch zu demütigend für sie gewesen. Man kann mir mittellosem großem Sohn doch nicht expressis verbis recht geben! So oder so: Literatur *kann* die Welt verändern!

Dass Klagenfurt eine Kulturstadt ist, zeigt sich schon daran, dass auf dem Bahnhofsplatz schräg gegenüber das sogenannte Musil-Haus steht, also das Geburtshaus von Robert Musil (1880–1942), der aber nur sein allererstes Lebensjahr in Klagenfurt verbracht hat und dann nie wieder zurückkam. Gestorben ist Musil völlig verarmt im Schweizer Exil in Genf. Auch dort wird man Musils Spuren nicht finden, wenn man sie nicht wirklich akribisch sucht. Ein Grab existiert nicht. Die Witwe hat die Asche des Gatten in einem Waldstück hinterm Haus verstreut. Natürlich nicht hier in Klagenfurt, aber immerhin hat Robert Musil einmal einen kleinen Essay mit dem Titel *Hier ist es schön* geschrieben, den gerade Provinzstädte gerne auf sich anwenden (den Titel, nicht den Essay), der aber in die Irre führt, weil er nicht von der Schönheit der Provinz oder einer sonstigen Schönheit handelt, sondern von der Sprachlosigkeit derer, »die sich von ihren Vergnügungsreisen an berühmte Orte führen lassen«, am letzten Tag Ansichtskarten kaufen und draufschreiben »›Hier ist es unbeschreiblich schön‹ oder: ›Hier ist es herrlich‹ oder: ›Schade, dass Du diese Pracht nicht mit mir sehen kannst.‹« Aber: »Die Ansichtspostkarten, welche diese Menschen kaufen, sehen in der ganzen Welt einander ähnlich. Sie sind koloriert (…) Wenn die Welt so aussähe, könnte man wirklich nichts Besseres tun, als ihr eine Marke aufzukleben und sie in den nächsten Kasten zu werfen.«[8] Also schlage ich dringend vor, dass du nicht hinüber in die Bahnhofstrafik gehst, auf gar keinen Fall die Ansichtskarte vom Geburtshaus Robert Musils kaufst und unter gar keinen Umständen draufschreibst: »Hier ist es schön!«

---

8 Robert Musil: Hier ist es schön. In: R.M.: Nachlaß zu Lebzeiten. Rororo, Reinbek bei Hamburg 1962, S. 89.

Im Haus befinden sich das 1997 unter Klaus Amann gegründete Musil-Institut, das Kärntner Literaturarchiv und das Musil-Museum im Erdgeschoß, dessen Leiter Heimo Strempfl immer wieder kleine, feine Ausstellungen über diverse Aspekte – und Persönlichkeiten – des literarischen Lebens ausrichtet. Begonnen hat es mit der Ausstellung von Robert Musils Taufschein und den schweren Koffern, mit denen Familie Musil Klagenfurt verlassen hat. In Strempfls Amtszeit hat das Gebäude eine neue spektakuläre vom französischen Sprayer Jef Aérosol gestaltete Außenfassade mit den überdimensionalen Porträts von Robert Musil (mit Hut, den der Säugling hier nicht trug), Ingeborg Bachmann (ohne zu viel Rot auf ihren Lippen) und Christine Lavant (ohne Kopftuch) bekommen. Auch Lesungen finden im Haus statt. Gerade Autoren und Autorinnen der jüngeren Generation bekommen hier eine Auftrittsplattform, zum Beispiel Anna Baar oder Isabella Straub, die beide schon mit Buchpublikationen hervorgetreten sind. Anders – geradezu umgekehrt – als Musil sind beide nicht hier geboren, aber hierhergezogen – ein Lebensentwurf, den Ingeborg Bachmann in ihrem Werk noch so gut wie ausgeschlossen hat!

Explizite Erwähnung verdient hier Felix Kucher, der mit *Kamnik* einen großen historischen Roman geschrieben hat: makellos, kenntnisreich und mit großem Gewinn zu lesen. Man erfährt viel über Schicksal und Motivation von Kärntner Ausgewanderten nach dem Ersten Weltkrieg. So nebenbei liest man über Volksabstimmung, die Kärntner Slowenen, den Nationalismus und den Nationalsozialismus.

Einer der Mitarbeiter im Musil-Institut, der Kärntner Slowene Fabjan Hafner, Lyriker, vor Spezialwissen förmlich überquellender Literaturkenner und Handke-Experte, hat sich vor allem als Übersetzer einen Namen gemacht und sowohl den

Petrarca-Preis als auch den Translatio, den Staatspreis für literarische Übersetzung (aus dem Slowenischen) bekommen.[9]

Im Mai 2016 ist Fabjan Hafner wenige Tage vor seinem fünfzigsten Geburtstag »überraschend gestorben«, wie es damals in allen regionalen und überregionalen Medien hieß. Die erste Ausgabe dieses Stadtporträts habe ich Fabjan auf seine Bitte hin noch persönlich und mit Widmung ins Musil-Haus vorbeigebracht. Lieber als in Zusammenhang mit dem Musil-Institut würde er bei den Kärntner-slowenischen Autoren vorkommen, gestand er mir, und ich versprach ihm, seinem Wunsch in der Neuausgabe nachzukommen, was ich hiermit getan habe. Sein Suizid ist nach wie vor eines der großen Tabuthemen im Kärntner Kultur- und Literaturleben. Eine kleine, adresselose Passage direkt neben dem Musil-Haus wurde unlängst in »Fabjan-Hafner-Passage« umbenannt. Überhaupt bekommt Fabjan in altbewährter Manier nun jene Anerkennung, die ihm zu Lebzeiten vielleicht das Leben gerettet hätte.

In mönchischer Kleinarbeit hat Walter Fanta hier die erste digitale Robert-Musil-Gesamtausgabe erstellt. Und auch wenn er schon vor langer Zeit gestorben ist und zeitlebens jenseits von Klagenfurt gewohnt und gearbeitet hat, lebt Robert Musil gerade hier gerade heute doch nach wie vor: Ein Wirtschaftsunternehmen des Landes hat die Einladung zu einer seiner Kulturveranstaltungen in den frühen nuller Jahren des einundzwanzigsten Jahrhunderts wie folgt adressiert: »An Herrn Dr. Robert Musil, Bahnhofstraße 42, 9020 Klagenfurt. Sehr geehrter Herr Dr. Musil, wir laden Sie recht herzlich …« Eine Zeit lang war dieser Brief zur Freude der Musil-Haus-Besucher an die Wand geheftet.

---

9 In Buchform ist auch seine (überarbeitete) Dissertation erschienen, die den Aspekt des Slowenischen im Werk von Peter Handke untersucht. (Fabjan Hafner: Peter Handke – Unterwegs ins Neunte Land. Zsolnay, Wien 2008.) Heuer erscheint in der Bibliothek Suhrkamp ein von Handke bevorworteter Nachlassband.

Im Westen schließt an das Musil-Haus die große AK-Bibliothek, die es, wiewohl nominell keine Stadtbibliothek, mit jeder Stadtbibliothek aufnehmen kann, sowohl was den Bestand als auch was das Personal betrifft. Wenige Schritte weiter könntest du dich auch in der Bibliothek des Landesarchivs bedienen, und falls dir die nicht reichen, stünde auch die Universitätsbibliothek zu deiner Verfügung. Und außerdem gibt es nach wie vor Buchhandlungen! (Ich zum Beispiel gehöre zu den Menschen, die sich von Büchern, die sie einmal gekauft, gelesen und ins Herz geschlossen haben, auf gar keinen Fall mehr trennen wollen. Ich unterstreiche, also arbeite auch viel darin, was einer Besitzanzeige gleichkommt und eine Rückgabe unmöglich macht. Bücher gehören gerade in einer *Literaturstadt* zum Haushalt wie die Hausapotheke. Oder wie die Schokoladelade. Sein Herz entleiht und verleiht man ja gewöhnlich auch nicht …)

Der Klagenfurter Bahnhof liegt zwar in der Innenstadt, aber nicht ganz im Zentrum. Zum zentralen städtischen Omnibusplatz, dem Heiligengeistplatz, muss man mit dem Bus fahren. Sofern man pulsierendes innerstädtisches Leben findet, dann dort, nicht hier am Bahnhofsvorplatz, wo Autobusse von Post oder Bahn Klagenfurt nur mit den Landgemeinden ringsum verbinden. Aber bis so ein städtischer Bus kommt und wieder fährt, bist du auch schon leichten Schrittes die Bahnhofstraße nordwärts spaziert, vorbei an der ehemaligen Hirter Botschaft linker Hand, dem vormaligen Volkskeller, berühmt geworden durch das Schussattentat 1987 auf den damaligen Landeshauptmann Leopold Wagner durch seinen ehemaligen Mitschüler Franz Rieser auf der Herrentoilette, das Wagner um Haaresbreite überlebte, aber den Anfang vom Ende der jahrzehntelangen Herrschaft der Kärntner Sozialdemokraten bedeutete. Das Attentat war – typisch für Kärnten und Klagenfurt – irgendwie politisch, irgendwie aber auch nicht: Rieser und Wagner waren alte Bekannte und ehemalige Schulkameraden. Hier begegneten sich der Landeshauptmann und der Hauptschullehrer, der so gerne Direktor geworden wäre, es ohne Wagners Schub aber nicht und nicht wurde, nach vielen Jahren bei einem Klassentreffen. Auf der Volkskellertoilette entlud sich die Frustration und Aggression eines der vielen Zukurzgekommenen im Land gegen einen der wenigen Zulanggekommenen. »Ein Mahnmal neben dem Pissoir wird man sicher früher oder später noch errichten«, habe ich in der Erstausgabe vermutet. Aber das Kellerlokal ist geschlossen, daher ist auch das Pissoir geschlossen, daher gibt es weder Mahnmal noch Inschrift, und was die Zukunft bringt, erfährst du in der dritten Ausgabe.

Du bist über den Arnulfplatz gegangen, der die Bahnhofstraße unterbricht, um dich rechts auf das architektonisch nicht wirklich rasend interessante Landesregierungsgebäude aufmerksam zu machen, auf das ich an anderer Stelle noch einmal zu sprechen kommen werde, und weiter in nördliche Richtung bis zur Burggasse, in die du links biegst. (Bögest du hier nach rechts ab, kämest du nach ein paar Schritten zum Kardinalplatz und da wiederum zum Jazzclub Kammerlichtspiele, ein ehemaliges Kino, wo neben Musikveranstaltungen auch kleinere Theaterproduktionen zu sehen sind.) Die Burg, nach der die Burggasse benannt ist, ist weder eine Hochburg noch eine Niederburg, und die Burg sieht überhaupt nicht wie eine Burg aus. Ein Burghof macht noch keine Hofburg, vor allem wenn »Hof« bloß »Innenhof« bedeutet. Innenhöfe haben die meisten Gebäude der Innenstadt … Weder gibt es Zinnen noch Türme, weder einen Burghügel noch einen Wassergraben noch eine Zugbrücke darüber, bloß eine *Brücke*, die Landeskulturzeitschrift und deren Redaktion, deren Honorare aber dergestalt sind, dass man sich am liebsten in den Burggraben stürzen würde. Aber den gibt es eben auch nicht. Deshalb wäre es viel ehrlicher, die Burg *Unburg* zu nennen: Dann wäre sie touristisch auch gleich viel interessanter. Dabei war in der Burg ursprünglich das »Collegium sapientiae et pietatis« untergebracht, eine Art Ur-Uni. Vielleicht wäre es eine weise Entscheidung gewesen, die neue Universität im Zentrum anzusiedeln (und so die Innenstadt auf Dauer »nachhaltig« zu beleben. City Philosophy!).

Alles, was diese Unburg tatsächlich zu bieten hat, ist ein Innenhof, in dem im Sommer abends ein paar Wochen lang Freiluftfilmvorführungen stattfinden; außerdem hat die Kulturabteilung des Landes und das Museum Moderner Kunst Kärnten (MMKK) sowie die kleine Galerie Ritter (»ritter gallery«) dort Sitz und Platz. Der Ritter der Burg ist aber kein Ritter, sondern heißt nur so, sonst würde die Galerie ja »knight gallery« heißen. Im Westen schließt an die Burg das ehemalige Stammhaus der ehemaligen Hypo. Solang die Zentrale sich hier befand, war das eine ganz normale Landesbank, deren Manager weder durch besondere Kroatienkenntnisse auffielen noch wegen Milliardenverlusten und Millionenabfertigungen in den Schlagzeilen waren. Etliche sind im abgelaufenen Jahrzehnt vor Gericht gestanden, zu langen Freiheitsstrafen verurteilt worden und sitzen entweder nach wie vor ein oder tragen zumindest eine Fußfessel. Die neue Zentrale der liquidierten Hypo befindet sich nun am östlichen Stadtrand zwischen Möbelcenter und CineCity und steht leer. Ihre rückblickend gesehen geradezu symbolische Architektur Günter Domenigs ist aber bis heute Symbol politischer Schräglage und politischen Niedergangs. Der Preis war hoch.

Durch die Burggasse gelangst du wieder auf den Neuen Platz, setzt dich auf eine schnelle Melange ins Freiluftcafé Theresia und hast die erste, die Südtour, auch schon absolviert.

Ein wenig erholt? Gut. Dann verlässt du den Neuen Platz diesmal im Nordosten über den Dr.-Arthur-Lemisch-Platz. Vom Brunnendenkmal Herzog Bernhards von Spanheim absehend (das ist der steinerne Langhaarige mit dem Schwert und dem rot-weißen Schal[10], den gerade eine Gruppe italienischer Touristen umringt, denen ihr Fremdenführer etwas vom Gründer der Stadt erzählt) möchte ich dich lieber auf das Haus mit seiner prächtigen Fassade über der aufgelassenen Pelzhandlung aufmerksam machen, die Johannes Gutenberg zeigt. Der wurde immerhin zum Mann des (zweiten) Jahrtausends gewählt. Gutenberg wäre ja um ein Haar nach Klagenfurt gezogen und wollte seine berühmte Gutenberg-Bibel hier drucken, fragte zunächst aber an, ob die Klagenfurter bereits bewegliche Lettern hätten. Die Stadtväter verneinten, und so kam Gutenberg doch nicht und druckte seine Bibel zu Hause. Seither und deshalb heißt Klagenfurt *Klagenfurt.* So vergaben die Stadtväter also eine große Chance, rechtzeitig die Voraussetzungen für eine ordentliche PR in der Zukunft zu schaffen und ihre Kommune noch berühmter zu machen. Aber wer hätte denn ahnen können, dass der Buchdruck einmal so wichtig wird? Warum das zweite Fresko am Gutenberghaus den heiligen Hubertus mit Hirsch und Hunden darstellt, das zu ergründen reicht auch die Fantasie der allergrößten Fantasten nicht aus. Während dieses Haus ein Gutenberg-Fresko ziert, es aber nicht Gutenberghaus heißt, steht (in der Pernhartgasse) tatsächlich ein

10 Ein letztes Detail zum KAC: Wird er Meister, klettert bei der Siegesfeier am Neuen Platz ein Fan auf Bernhard von Spanheim und schmückt ihn mit dem KAC-Schal. An diesem Detail kannst du sofort erkennen, ob der KAC gerade Meister ist. (Momentan – Anfang 2020 – ist er es. KAC EST IN AUSTRIA ULTIMO.)

Gutenberghaus, ein prächtiger Jahrhundertwendebau, in dem Gutenberg aber auch nicht gelebt hat! Bis zur Ruchbarwerdung neuer Erkenntnisse behaupten wir einfach: Hier ist es schön!

Und da vorne an der Ecke zur Kramergasse, umringt von Renaissance- und Jugendstilbauten, stolperst du auch schon über den nächsten Brunnen, eigentlich eher ein Bassin, in dem bisher noch kein Filmstar zu mitternächtlicher Stunde gebadet und in seiner Ausgelassenheit und Nonchalance die Leichtigkeit des Seins gefeiert hat, nur ich einmal, aber zum Glück hat mich niemand gesehen, vor allem nicht die Polizei. Bewässert wird das Bassin von einem anderen städtischen Wahrzeichen, dem Wörthersee-Mandl aus Messing mit seinem Fässchen. In Klagenfurt kennt jeder Einwohner dessen Bewandtnis. Weil ich dich aber zu den Touristen zähle, nehme ich dich kurz beiseite, zücke mein *Mädchen im See* und lese dir daraus den folgenden kleinen Exkurs vor.

DAS WÖRTHERSEE-MANDL

Ottilie jedenfalls erinnern meine Schilderungen vom GTI-Treffen an die Sage von der Entstehung des Wörthersees, an dessen Stelle einst ein fruchtbares Tal und in dessen Mitte eine Stadt mit schönen Häusern lag. Die reichen Bewohner aber waren dekadent geworden und taten nichts anderes mehr, als ausschweifende Feste zu feiern. Als sie sich nicht einmal durch die Glocken der Osternacht in ihrem – wie es in der Sage heißt – gottlosen Treiben stören ließen, sondern berauscht und hemmungslos tanzten (vom Gummigeben und Kopulieren weiß die Sage noch nichts, bieder wie sie ist), erschien plötzlich ein Männchen mit einem Fass unter dem Arm im Festsaal und ermahnte die Frevler (heute: Autonarren, Clubbingfans, Eventer, Szenegurus) eindringlich zu Umkehr und Buße. Da die Bürger der Stadt es aber verspotteten und sich weiter vergnügten, öffnete das Männchen den Hahn seines Fasses, worauf sich ein schreckliches Unwetter erhob. Das Männchen war plötzlich verschwunden, aber das Fass lag auf dem Boden, und schier endlose Fluten strömten aus seinem Inneren hervor. Das Wasser ertränkte die gottlosen Menschen und stieg immer höher, bis nichts mehr von der Stadt und ihrer Umgebung zu sehen und der Wörthersee entstanden war, an dessen Ufer sich in Windeseile etliche Orte mit schönen Häusern bildeten, deren Bewohner sich sofort genauso aufführten wie ihre versoffenen und ersoffenen Vorgänger unten auf dem Grund des Sees, was, wie ich denke, ein sehr gelungenes Beispiel für die absolute Sinnlosigkeit ist, irgendjemanden zu irgendetwas zu erziehen oder zu bekehren, vor allem mit den Mitteln der Gewalt, Gottesfurchteinbläuung, Atheistenverteufelung, Versenkung, Ertränkung, Krieg und Sintflut. Man richtet nur noch mehr Schaden an. Denn die Sage selbst fiele mir nicht nur beim Reifnitzer Vandalentreffen, sondern bei vielen sogenannten Events rund um den Wörthersee ein. Aber wo schon ein See vorhanden ist, kann man ja unmöglich noch einen zweiten drüberschütten.[11]

Wie auch immer: Wie man, wenn man wieder nach Rom kommen will, eine Münze über die Schulter in den Trevi-Brunnen werfen muss, wie man in Florenz die Schnauze des Wildschweins streicheln und in Leipzig den Rist des Schuhs von Faust in der Mädlerpassage über Auerbachs Keller tätscheln muss, so muss man, um wieder nach Klagenfurt zu kommen, den erhobenen Zeigefinger des Wörthersee-Mandls reiben und eine Zehn-Cent-Münze ins Becken werfen; wenn man nicht mehr zurückkommen will, dann zwanzig Cent. Einmal im Jahr kommt ein Mitarbeiter des Magistrats, saugt die Touristen-

11 Egyd Gstättner: Das Mädchen im See, S. 37 ff.

münzen vom Beckengrund und legt sie in die Stadtkassa. Geschaffen wurde das Wörthersee-Mandl übrigens (1965, nach anderen Quellen 1962) vom bildenden Künstler Heinz Goll, den sein kleines Meisterwerk aber leider nicht besonders reich und berühmt gemacht hat, und weil die Stadt Klagenfurt keine weiteren Wahrzeichenaufträge für ihn hatte, ließ er Klagenfurt Klagenfurt sein, schied im Groll und wanderte so weit wie ihm nur möglich aus, nämlich bis nach Kolumbien, kehrte, weil er keine Münze hatte, die er in seinen Brunnen hätte werfen können, niemals zurück und starb auch dort. Zu Silvester 1998 kam Heinz Goll ins Krankenhaus und hatte Leukämie im Endstadium. Das letzte Werk, unvollendet – naturgemäß unvollendet *Piedad und der Tod*, wie der *Kuss* von Klimt, nur statt Kuss eben der Tod mit Totenkopf und schönem, bunten Totenmantel. Goll starb mit fünfundsechzig Jahren Ende Jänner 1999 in Bogotá, Kolumbien und wurde – wo sonst? – auf dem Waldfriedhof für geisteskranke Frauen in Sitabé begraben, tief unten, mitten drin in Mutter Erde. Auf seinem selbst designten Grabstein in Bogotá steht: »AMO ERGO SUM.« Das Notwendigste abschließend auf Lateinisch. Gemeint war in Wirklichkeit aber freilich COITO ERGO SUM: Heinz Goll war einer der wenigen Repräsentanten der in Kärnten nicht gar so beweglichen Achtundsechziger-Bewegung, und in seiner Kolonie in Mieger südlich von Klagenfurt ging es vielleicht nicht ganz so ekstatisch-libidinös zu wie bei Otto Muehl, aber freie Liebe propagierte doch auch er. Einer, der ihn noch persönlich kannte, sagt, Heinz Goll sei nicht völlig grundlos ausgewandert. Er habe Begeisterte ebenso wie Geschädigte zurückgelassen. In Kolumbien schuf Goll jedenfalls großartige indianische Kruzifixe und großartige golden glitzernde Altäre mit Christus und seinen Aposteln beim letzten Abendmahl. Und Jesus und alle seine Apostel sind Indianer, und alle Indianer schauen aus wie das Wörthersee-Mandl. Auf einem anderen Goll'schen Altar mit dem Abendmahl befinden sich unter den Aposteln auch Frauen, und auch die Apostelinnen schauen aus wie das Wörthersee-Mandl, nur ohne Fass, dafür mit Brüsten.

Weil den Wert der Kunst nicht ihre Liebhaber und oft nicht einmal die Experten, sondern die Spekulanten bestimmen, liegen zum Beispiel zwischen Picasso und Goll nicht bloß Welten, sondern Galaxien. So ein riesiger Goll-Altar kostet noch keine Millionen, sondern wäre für dreißigtausend Euro zu haben. Wäre ich der Bischof der Diözese, ich würde den letzten Notgroschen für diesen Altar ausgeben, damit er bis zum Tag des Jüngsten Gerichts in der Krumpendorfer Christkönigskirche stehen bleiben kann. Und wäre ich der Landeskulturreferent, dann würde ich dem Bischof finanziell unter die Arme greifen und bei der Heimholung wenigstens eines großen Künstlers des Landes behilflich sein.

Rom, Florenz, Leipzig, Bogotá – und dann gleich Klagenfurt: Ist das nicht lächerlich? Vielleicht. Aber auch der Leader der Leningrad Cowboys sagte einmal, seine Lieblingsstadt auf der Welt sei Rio de Janeiro. Und dann komme schon sofort Helsinki. Wie in der Kinderliebe steckt auch in der Vaterlandsliebe und Heimatstadtliebe wohl viel verkappte Eigenliebe – nach dem Motto: Wenn ich in dieser Stadt lebe (auf die Welt gekommen bin), kann sie nicht ganz schlecht sein. Mit Rom, Florenz, Leipzig ist Klagenfurt keine Städtepartnerschaften eingegangen (das lag wohl weniger an Klagenfurt als an Rom, Florenz, Leipzig), dafür aber mit Dachau, Duschanbe oder Czernowitz. Die Wappen aller Partnerstädte sind kreisförmig angeordnet hier neben dem Wörthersee-Mandl an der Kreuzung mit der Kramergasse ins Kopfsteinpflaster eingelassen, außerdem das Logo der UEFA-Fußballeuropameisterschaft 2008.

Nordwärts führt dich die Kramergasse zum zweiten, parallel zum Neuen Platz liegenden, aber straßenförmigen Hauptplatz, dem Alten Platz, der wie das gesamte Gassengeflecht nördlich des Neuen Platzes Fußgängerzone und mittlerweile ein durchgehender Bar- und Café-Gastgarten ist. Segafredo und Lavazza ohne Ende, da eine italienische Eisdiele, dort Tramezzini, und im Osten lockt die Konditorei Hutter mit ihren köstlichen Torten. Italianità macht sich breit. Nur die Topfpalmen müssen im Glashaus überwintern.

Gegen Westen hin wird der Alte Platz von einem burberrybeigen Haus beschlossen, das so windschief gebaut ist, dass einem schon vom Hinschauen schwindlig wird und man meint, das Ding müsse jeden Moment in sich zusammenkrachen. So schief muss der Schiefe Turm von Pisa erst einmal werden! Mit etwas Fantasie geht das Ding locker als Pyramidenstumpf mit Fenstern durch. Einen Pharao müsste man halt noch dazuerfinden. Das schiefe Haus von Klagenfurt heißt Goldene Gans (denn es wird von einer goldenen Gans über dem Eingangstor bewacht) und ist gleichzeitig das älteste der Stadt. Aber sein langer Bestand garantiert nicht, dass es nicht doch im nächsten Augenblick laut tosend einstürzt. Die Gans ist ein besonders literarisches und märchenhaftes Tier! Sie mag dumm sein (zum Beispiel hat Egon Friedell Lina Loos eine »dumme Gans« genannt), aber sie kann Kapitole retten, und sie kann gestohlen werden! Eines Novembertags 2016 war die goldene Gans nämlich plötzlich verschwunden, und vierzehn Tage später wurde der Diebstahl auch entdeckt! Dann aber war das Rätselraten groß: War die goldene Gans weggeflogen? War die goldene Gans beim Restaurator? War sie ein Martiniopfer? Geiselnahme und Entführung? Der verzweifelte Gansbesitzer appellierte an die Entführer, die Gans zurückzugeben. Gib sie wieder her! Sie sei doch ein Wahrzeichen! Wenn, dann soll der Entführer doch den Lindwurm mit seiner Schuppenflechte und den tödlichen Zähnen im schnaubenden Rachen entführen, oder die blaue Kugel, aber nicht die liebe Gans, die niemandem etwas getan hat! In Innsbruck wird doch auch nicht das Goldene Dachl gestohlen oder in Salzburg die Hohensalzburg! Wäre zugegeben auch ziemlich aufwendig! War die Gans gestohlen worden? Vielleicht von Franz Fuchs? Nein, von dem nicht. Aber immerhin führte die Spur in die Steiermark, nach Graz! Wer hätte das gedacht? Nach einem wahren Ermittlungsmarathon konnte Kärntens vifzackigster Kriminologe, Insp. J. Sichalich, die goldene Gans mutterseelenallein, aber wohlbehalten sicherstellen! Im Tierheim Graz! Am Schnabel des armen Tieres klebte ein Bekennerschreiben: »GO VEGAN, KLAGENFURT!« Der oder die Täter konnten nie ausgeforscht werden: Tierschützer? Vegetarier? Skrupellose Ernährungsberatungsmafiosi? Dummiane, die geglaubt hatten, die goldene Gans sei wirklich aus Gold? Kryptische Koralmtunnelkritiker? Verluderte Studenten? Politische Aktivisten, die vielleicht eine versteckte Kritik am Bau des Koralmtunnels anbringen wollten? Würde er mehr Push- als Pullfaktor werden? Bei Attentätern weiß man ja nie so genau, was sie antreibt ... Jedenfalls sitzt die Goldene Gans wieder an ihrem angestammten Platz! Annuntio vobis gaudium magnum: Habemus anserem! Jetzt bräuchten wir nur noch ein Kapitol.

Am besten setzt man sich also in eine der Bars davor, trinkt einen Cappuccino, schaut gebannt hin und wartet ... Leider hat sich das Stadtmarketing bisher nicht auf seine schiefen Schätze konzentriert, sondern lieber um Zigtausende Euro einen gigantischen Eischristbaum schnitzen und in der Vorweihnachtszeit auf dem Alten Platz aufstellen lassen. Milde Dezember sind hier aber gerade in den letzten Jahren keine Seltenheit. So gab es auch in jenem Jahr deutliche Plusgrade, die den gigantischen Eisschnitzchristbaum und die zigtausend Euro Steuergeld in zwei, drei Tagen einfach wegschmelzen ließen, und übrig blieb bloß eine wenig weihnachtliche Wasserpfütze. Der arme Christbaum jammerte: »Wie ich litt, Mann!« Niemand hat danach jemals eingestanden, dass es sich bei diesem Eisschnitzchristbaum um einen Fehler, ja um eine Schnapsidee gehandelt hat: weder die Stadtpolitik noch das von der Stadtpolitik abhängige Stadtmarketing. Aber zumindest ist man noch nicht auf die korrespondierende Schnapsidee gekommen, den wegschmelzenden Eisschnitzchristbaum als a) temporäre Kunstintervention und b) als Klimaschutzmahnmal zu verkaufen. Aber warte nur ab und freue dich, mein lieber Gast: Das ist noch lang nicht der ärgste Superschildbürgerstreich, den ich dir hier erzählen werde! Man soll die Hoffnung nicht aufgeben, dass man aus Schildbürgerstreichen klug wird (oder man soll auswandern).

Nördlich der Goldenen Gans führt die Herrengasse nach Westen, die in den letzten Jahren nachts leider zu einer Spießrutenroute geworden ist, auch wenn die Architektur und die schönen Fassaden das gar nicht vermuten lassen. Zum Beispiel die des Palais Egger Helldorf in der Herrengasse, wo der Herr Napoleon Bonaparte 1797 ein- oder zweimal übernachtet hat, der Klagenfurt erobert (oder sagen wir: eingenommen), dann aber gleich links (oder rechts) liegen lassen hat. Mit »Mannesmut und Frauentreu«, die im später komponierten Kärntner Heimatlied behauptet werden, war es jedenfalls damals noch nicht gar so weit her – wie in Alois Brandstetters Roman *Cant läßt grüßen* nachzulesen. »Es seyen in Clagenfurth, als die Franzosen hier eingefallen seyen und gewütet hätten, nicht nur die Stadtmauern, das Villacher Tor und das Sanct Veither Thor gefallen, sondern es seyen auch viele Mädchen gefallen, einige seyen den Soldaten zum Opfer gefallen, andere aber, und deren seyen nicht wenige, freiwillig ›gefallen‹. Sie haben sich hingegeben. Das Vergewaltigen freilich gehört, Gott sey es geklagt, zum Handwerke der kriegerischen Gewalttäter.«[12]

Weil die Herrengasse *Herrengasse* heißt, werden in jüngster Zeit weniger Frauen vergewaltigt als Herren verprügelt und krankenhausreif geschlagen. Die Täter (Herren) sind zwar in der Regel »amtsbekannt«, werden aber selten ausgeforscht und gefasst. Zwar gibt es höchstens hundert Meter Luftlinie entfernt eine Polizeiwachstube, aber die ist elektronisch gesichert und geradezu gepanzert. Von außen sieht man nicht hinein, von drinnen nicht heraus, sodass man nichts mitkriegt: In der Bronx will man schließlich seine Ruhe haben, und wenigstens die Sicherheitsbeamten sollen sich sicher fühlen können. Wenn du also speziell nach Einbruch der Dunkelheit unbedingt den Spießrutenlauf durch die Herrengasse absolvieren willst, zieh dir vorher wenigstens die Ritterrüstung von Bernhard von Spanheim an. Vergiss den Vollvisierhelm und den Pfefferspray nicht und informiere Polizei und Rettung rechtzeitig, also vorher. Noch ein zweckdienlicher Hinweis: Stark blutende Menschen werden in Klagenfurt auch von den freundlichsten Taxifahrern nur widerstrebend mitgenommen.

Lustig schaut es drein, das Palais Welzer am Alten Platz Nr. 1 mit seiner kaisergelben Fassade, den mattolivgrünen Fenstereinfassungen und Kanten, der putzigen Uhr auf dem Dach und dem Fromiller-Fresko der Justitia – und wie die ganze Stadt hat es im vorletzten Jahr (2018) allen Grund zu feiern: Hundert Jahre nicht mehr Rathaus! Was das für eine Erleichterung ist! Wie viel Verantwortungslast da abfällt! Da zieht die Lebensfreude wieder ein, selbst wenn Rikki Reiner nun

12 Alois Brandstetter: Cant läßt grüßen, S. 166.

leider keine Burberry-Auslagen mehr gestaltet. Sogar das Preis-Haus gegenüber am Alten Platz 2 erblasst da vor Neid, das ja bis in alle Ewigkeit für die Klagenfurter Klage Nr. 1 steht, für den historischen Justizirrtum, als ein Bäckerjunge nach einem angeblichen Diebstahl hingerichtet worden war. Nach der Hinrichtung erwies sich aber seine Unschuld, und daher zitiere ich kurzerhand eine meiner Vorgängerinnen: Es war Mord. Es passieren auch in dieser Stadt viele schlimme, albtraumartig furchtbare Dinge, sogar hier genau zwischen Altem Platz 1 und Altem Platz 2, wo in die schmale kopfsteingepflasterte Wiener Gasse erst seit einem halben Dutzend Jahren drei kopfsteinpflasterflächengroße, das heißt -kleine Messingtafeln eingelassen sind, die man sehr leicht übersehen, über die man sehr leicht »hinweggehen« könnte, fast unsichtbar, wie sie sind. Aber wer sie einmal entdeckt hat, der wird sie hoffentlich nicht mehr vergessen können. Hier wohnte nämlich Emmanuel Neumann Jg. 1858, deportiert 14.7.1942 Theresienstadt, ermordet 8.9.1942. Dasselbe Verbrechen wurde an Mathilde Neumann und Alfons Neumann begangen. Insgesamt elf solcher Täfelchen sind heute ins Klagenfurter Pflaster eingelassen – und alle Verbrechen, von denen sie fast schockierend unaufdringlich künden – nicht bloß elf, sondern zahllose, haben eine Gemeinsamkeit: Es waren Verbrechen von oben! Was bleibt einem fünfundsiebzig Jahre später angesichts des vergangenen Grauens noch viel übrig als: Klagen! Klagen! Klagen!?

Überquerst du den Alten Platz von der Kramergasse kommend und gehst am Alten Rathaus, dem Palais Welzer, das im Besitz der Grafen Orsini-Rosenberg steht (das sagt jedenfalls das Schild am Rathaus), links vorbei geradeaus weiter durch die Wiener Gasse, gelangst du nach ein paar Schritten zum Heuplatz und zum innerstädtischen Einkaufstempel City Arkaden, wo man auf drei Etagen und in zahllosen Geschäften alles bekommt, was man in allen Einkaufsparadiesen in jeder beliebigen anderen europäischen Stadt auch bekommt, weshalb ich mich über diesen Handelsplatz und Menschentreffpunkt nicht weiter verbreiten muss. Kulturell interessant daran ist vielleicht, dass wegen des Baus der City Arkaden im Jahr 2004 das Sterbehaus von Markus Pernhart niedergerissen wurde, der der bedeutendste Kärntner Landschaftsmaler des neunzehnten Jahrhunderts gewesen ist. Genau dort, wo du jetzt die Filiale von Peek & Cloppenburg findest und Mode von Hugo Boss bis Armani und Max Mara kaufen kannst, starb Markus Pernhart am 30. März 1871 mit siebenundvierzig Jahren an einem Unterleibsleiden. Wenn dir fad ist, geh zur Frau an der Kassa von Peek & Cloppenburg und sag ihr: »Ich würde gerne diesen exklusiven Anzug von Daniel Hechter – Paris kaufen, aber nur, wenn Sie mir sagen, wer genau hier am 30. März 1871 gestorben ist.« Oder du sagst: »Ich würde gerne dieses Gilberto-Sakko kaufen, aber nur, wenn Sie mir vorher sagen, aus wie vielen Bildern sein gemaltes Œuvre besteht (circa 1200) und was sein vielleicht berühmtestes Gemälde ist.« (Der *Großglockner*) Oder du sagst: »Ich würde gerne diesen Tommy-Hilfiger-Pullover kaufen, aber nur, wenn Sie mir vorher sagen, wo Markus Pernhart begraben wurde.« Auf diese Weise kannst du in diesem wie in jedem anderen Einkaufszentrum auch viel Geld sparen. Markus Pernhart liegt übrigens angeblich am sehr schönen Friedhof St. Ruprecht begraben. Gefunden habe ich sein Grab nicht, dafür aber viele andere. Natürlich kann man Tote nicht in alphabetischer Reihenfolge beerdigen, das gäbe ein heilloses Durcheinander bei den Grabungsarbeiten. Aber wenn in Klagenfurt einmal mehr Promis tot sein werden, wäre es sinnvoll, eines Tages einen Friedhofsführer herauszugeben.

Der steinerne Löwe, der früher das St. Veiter Tor, eines der mittelalterlichen Stadttore, bewacht hatte, hockt heute auf einem Podest vor den Toren der City Arkaden auf dem Heuplatz. Seit der Amputation seines linken Hinterbeins brüllt er aber ganz offensichtlich vor Schmerzen. Dreibeinig ist ein wirksamer Schutz natürlich ausgeschlossen.

Vor dem Haupteingang der City Arkaden erstreckt sich der kreisverkehrsumspülte Heuplatz. Auf zwei Gebäude an diesem Platz möchte ich dich hinweisen, nicht wegen ihrer Gegenwart, sondern wegen ihrer Vergangenheit: So viel Geschichte muss sein! Das große Prachtgebäude der Uniqua-Versicherung im Süden, in dessen Parterre sich heute ein italienischer Eissalon und ein kleines Szenelokal eingemietet haben, war zur vorletzten Jahrhundertwende das Hotel & Café Österreichischer Hof, in dem Gustav Mahler Kaffee getrunken hat, wenn er von seinem Maiernigger Sommerdomizil zu Fuß in die Stadt gegangen ist. Und vis-à-vis, gegenüber vom City-Arkaden-Haupteingang und am Beginn der Kramergasse siehst du heute (also zur Drucklegung dieses Buches) im Ossiacher Hof einen ganz gewöhnlichen McDonald's. Hier war früher das Tanzcafé Lerch – Vorlage für Werner Koflers Theaterstück *Tanzcafé Treblinka*, das den Betreiber dieses Cafés porträtiert, einen niemals verurteilten Kriegsverbrecher und Antisemiten.

Stichwort *Tanzcafé Treblinka. Heute. Kurz.* Ich ging zu McDonald's und bestellte bei einer jungen Frau zweimal Cheeseburger Royal, zweimal Pommes. »Wussten Sie übrigens«, fragte ich die junge Frau, »dass hier vor siebzig Jahren oder mehr das Tanzcafé Lerch war, dessen Besitzer, Herr Lerch, ein hochrangiger Nazi fern von hier im südostpolnischen Lublin als rechte Hand des noch ranghöheren Nazis Odilo Globocnik an Nazigräueltaten und Massenvernichtungen beteiligt gewesen ist?« – »Logo, mein Bester«, gab mir die Frau zurück, während sie die Bestellung in die Küche weitergab, »dat weeß ick, ick studiere ja untertags Jermanistik auf der Unni!« – »Dann sagt Ihnen wohl auch Treblinka etwas? Stichwort Tanzcafé. Stichwort Treblinka. Stichwort Lazarett Treblinka, Stichwort Erschießungsanlage, Stichwort Massenmord, Stichwort Massengräber?« – »Ej! Logo. Hab ick gelesen! Ätzend. Mayo?« – »Kennen Sie? Nichts vergessen?« – »Vergessen? Wat? Ich bin doch nicht blöd, Mann! Buchenwald! Auschwitz! Ravensburg! Dachau! Treblinka! Loibl! Verbrechen! Nicht ungeschehen, nie wiedergutzumachen, niemals zu entschuldigen.« – »Wann sind Sie denn überhaupt geboren? 1988? Bedenkjahr? Historikerkommission?« – »Ej, Mann, 1991! Golfkrieg! Peter Paul Wiplinger nimmt in *Furche* zu Golfkrieg Stellung! Jermanistik, Alter! Jeschichte, Alter!« – »Und? Betroffenheit? Sie wissen alles? Sie kennen alles? SA: Kennen Sie? SS: Kennen Sie? Und? Und? Was sagen Sie?« – »Pffft! Ätzend. Lerch: Arschgeige. Kein Thema.« – »Und was sagt Ihnen zum Beispiel das Stichwort: Beachvolleyball?« – »Da hab ick keene Lust zu, Mann. Muss malochen. Is abendfüllend. Abjeschafft übrigens. Braunes Gold vom Fuß des Wörtherseesüdufers, sie versaufen dich abends! Jetzt! Hier! Das ist der Unterschied! Nie jehört? Stichwort Eishockey!« – »Hm! Na, dann wissen Sie wohl auch, von wem die Poetik stammt: Der Dichter teilt nicht mit. Der Dichter drückt aus!« – »Nee, sorry, dat hab ick jetzt verjessen. Zweimal Burger, zweimal Pommes, zweimal Mayo, det macht acht Euro fuffzig! Was Süßes auch, meen Bester? Muffins? Donats? Mit Sahne? I'm loving it.« – »Stichwort Sahne: Wussten Sie übrigens, dass die spätere Karriere von Udo Jürgens hier im ehemaligen Tanzcafé Lerch ihren Ausgang nahm? Sonntagnachmittag: Perfektion: Training für das Tanzleistungsabzeichen!« – »Neee! Det hab ick nich jewusst! Dat iss ja grauenhaft!«

DIE STADTPFARRKIRCHE ST. EGYD/EGID

Gehst du jedoch auf dem Alten Platz am Alten Rathaus rechts vorbei und biegst in die schmale Alte-Rathaus-Gasse ein, dann kommst du in noch weniger Schritten zum Pfarrplatz und zur Stadtpfarrkirche St. Egyd. Ich muss gleich einbekennen, dass die Kirche nicht nach mir benannt ist, auch wenn man das postum locker behaupten können wird. Auch ich bin nicht nach der Kirche und nicht nach dem Heiligen, sondern nach meinem Urgroßvater benannt, nur hat man mir die lateinische Endung weggeschnitten. Aber auch beim Heiligen Egyd ist die Schreibweise nicht ganz eindeutig: Rechts vom Eingang ist er mein Leben lang mit »y«, drei Meter weiter links dagegen mit »i« geschrieben. Ein schlampiger Heiliger – und insofern mein unumstrittener Lieblingsheiliger. Logbuch 2020, Nachtrag: Jetzt hat man ihn doch vereinheitlicht: er heißt nun – ganz falsch! – »Egid«. Ich habe auf diesen unfreundlichen Akt natürlich reagiert, indem ich sofort aus der Kirche ausgetreten bin. Gerade in der katholischen Kirche geht es ja drunter und drüber, und alles kann man sich nicht gefallen lassen. Ich schreibe meinen Namensvetter trotzdem unbeirrt weiter mit »y«! St. Egyd!

Zwar ist er nicht wirklich berühmt, aber der markante Kirchturm von St. Egyd ist doch auch ein Wahrzeichen der Stadt, und gerade im Novembernebel in der Dämmerung leuchtet seine Uhr wie Big Ben. London, Klagenfurt – kindisch, ich weiß, ich weiß! Aber dafür ist, was etwa die kulinarische Situation betrifft, Klagenfurt London allen Ernstes so weit voraus wie London Klagenfurt in puncto Mondänität. Eine jedenfalls während der Sommermonate öffentlich zugängliche hölzerne Wendeltreppe im Inneren des Turmes führt über zahllose

Stufen hinauf zur Aussichtsplattform. Da oben ist in der ehemaligen Türmerwohnung auch eine kleine Galerie untergebracht. Seit ein paar Jahren gibt es – ebenso unzeitgemäß wie wunderbar – wieder einen Türmer, nämlich den Historiker Horst Ragusch, der zwar nicht im Turm wohnt, aber sein Amt mit umso größerer Leidenschaft und Liebe ausübt. Eine Frage, die mich schon lange beschäftigt, die ich dem Horsti aber immer zu stellen vergesse, ist: Was macht er, wenn er aufs Klo muss? Falls du vor mir auf dem Turm oben bist, lieber Gast: Frag du und berichte mir! Unten, gewissermaßen am Fuß des Turmes, gibt es ein Glockenspiel ähnlich dem am Münchner Rathaus, das sich zu bestimmten Zeiten in Betrieb setzt und dessen Figuren angeblich den Kommunalpolitikern wie aus dem Gesicht geschnitten sind, die es damals in Auftrag gegeben haben. Und das aus unserem Steuertopf! München, Klagenfurt – kindisch, ich weiß, ich weiß. Und doch hat der Bayerische Rundfunk im Jahr 2008 auch hier in der Stadtpfarrkirche St. Egyd für ein Stadtporträt gedreht, das ich moderiert habe. Konkret interessiert haben sich die Redakteure für die sogenannte *Fuchstina.*

Der fantastische Realist Ernst Fuchs kam hundert Jahre nach dem fantastischen Realisten Alfred Kubin seit 1991 jeden Sommer nach Klagenfurt, setzte sich sein Malerhäubchen auf und malte auf Einladung des Stadtpfarrers eine Kapelle neben dem Hauptaltar aus. Er sei, sagte er, wild entschlossen, niemals fertig zu werden, und bis er nicht fertig war, konnte man das Werk auch nicht öffentlich besichtigen, außer eben der Bayerische Rundfunk und ich. Update Logbuch 2020: Seit der Erstausgabe sind nun beide, der Monsignore Mairitsch ebenso wie Ernst Fuchs, knapp nacheinander gestorben, weshalb die Fuchstina nun nolens volens fertig ist. Führungen kannst du donnerstags, freitags und samstags jeweils um 11.30 gegen geringes Entgelt – 5,- – buchen. Na komm, ich lade dich ein! Diese wunderbar wahnsinnigen Fresken musst du gesehen haben, diesen kunterbunten Kosmos, in dem neben Jesus Christus Platz für Astronauten, Düsenjäger und E.T.s ist, aus deren Köpfen Flügel wachsen, Madonnen neben frei schwebenden Mehrfachsteckdosen oder ein Haupt voll Blut und Wunden und dazu Pokerwürfel.

»Ich habe meinem Größenwahn freien Lauf gelassen!«, erklärte Ernst Fuchs. Seine Malerkollegen rümpften die Nase, als sie erfuhren, dass Fuchs in Klagenfurt arbeitet, sozusagen in der Versenkung. Aber Fuchs hat gleich abgewunken: »Die Menschen werden das Kunstwerk schon zu entdecken wissen, ganz wurscht, wo es entsteht.« Für diesen Satz allein gebührte dem alten Herrn Professor die Ehrenbürgerschaft der Stadt! (Wie vornehm und touristisch zumutbar ich das ausgedrückt hatte. Tatsächlich zitierte Fuchs seine Kollegen im Porträt des Bayerischen Rundfunks undeutlich, aber hörbar: »Warum malst du denn am Orsch der Welt?« Vermutlich wurde es auch deshalb nichts mit der Ehrenbürgerschaft. Das offizielle Klagenfurt ist bald einmal beleidigt.) Danach gefragt äußerte sich Ernst Fuchs auch zu den Klagenfurterinnen. »Sie sind sehr hübsch«, schmunzelte er. Frankfurterinnen und Klagenfurterinnen könne man nicht vergleichen. Hier sei die Welt kleiner, dafür aber mit einem großen Herzen ausgestattet, und die Mädchen und die Frauen seien leichtlebiger, lustiger, südländischer. Klagenfurt habe viel für sich in dieser Hinsicht. Dass Fuchs aus persönlicher Erfahrung sprach, glaube ich aber nicht.

Um die Wahrheit zu sagen: Es sind nicht alle Klagenfurterinnen leichtlebig und lustig. Zwei zum Beispiel sind ausgerechnet von diesem Stadtpfarrturm in die Tiefe und in den Tod gesprungen. Der Doppelselbstmord ereignete sich zwar schon am Ende der achtziger Jahre des letzten Jahrhunderts. Aber in einer Geschichte seines Erzählbands *Ich reiß mir eine Wimper aus und stech dich damit tot* kommt Josef Winkler noch zwanzig Jahre später darauf zu sprechen: »Vor der Kirche stehend und wie immer – auf den Kirchturm schauend und an die beiden Mädchen denkend, die vor einigen Jahren sich vom Kirchturm zu Tode stürzten, der Stadtpfarrkirchengeistliche, Monsignore Mairitsch, erzählte mir, dass er im Moment des Sturzes der beiden Mädchen zur Kirche ging und in der Höhe zwei sich aufblähende, fallschirmartige Kittel wahrgenommen habe, die sich nach dem Aufprall am Asphalt als junge tote Mädchen entpuppten …«[13]

Außer den beiden unglücklichen toten Mädchen interessieren Josef Winkler an der Stadtpfarrkirche St. Egyd (Egid) vor allem der glückliche tote Julien Green und dessen Grab, das sich im Inneren der Kirche in einer Seitenkapelle befindet und das Josef Winkler laut eigenen Erzählungen oft besucht. Der große Schriftsteller Julien Green war schon über neunzig Jahre alt, als er, der bis dahin feudal in Paris gelebt hatte, zum ersten Mal nach Klagenfurt kam und sich offenbar auf Anhieb so in das Städtchen verliebte, dass er unbedingt hier begraben sein wollte: Ja, genau hier in der Kirche! Der damalige Kulturstadtrat und Vizebürgermeister war Feuer und Flamme und flog sofort nach Paris, um namens der Stadt über die Konditionen zu verhandeln. Diese Verhandlungen führte Julien Greens schlauer Sohn Jean-Eric, selbst bereits ein älterer Herr, und dabei stellte sich heraus, dass Julien Green nicht nur in Klagenfurt, sondern auch in diversen oberitalienischen Kommunen gerne begraben sein, und dass der Bestbieter den Zuschlag erhalten würde. Sozusagen als Gratisbeilage sei bei diesem Deal auch Jean-Eric inkludiert, der, *wenn es soweit ist* (auch ein Buchtitel

13 Josef Winkler: Ich reiß mir eine Wimper aus und stech dich damit tot. Suhrkamp, Frankfurt/Main 2008, S. 57.

Winklers), Seite an Seite neben seinem Vater liegen möchte. Klagenfurt ließ sich nicht lumpen, machte das Rennen, und als Julien Green 1995 schließlich – so alt wie sein Jahrhundert – starb, führte sein letzter Weg tatsächlich von Paris nach Klagenfurt. (Dem damaligen Kulturstadtrat habe ich in einem Essay in der *Presse* mit dem Titel *Ich stürbe gern in Klagenfurt* meine eigenen Konditionen mitgeteilt.) Weil seine Grabplatte im Kirchenschiff immer durchsichtig wurde, wenn Josef Winkler auf Besuch kam, sah Josef auch, dass Jean-Eric noch nicht hier im Grab lag, obwohl sein Name außen schon auf der Grabplatte stand. Bei diesen Besuchen half Julien Green Josef Winkler dann und wann aus hartnäckigen Schreibkrisen heraus. Zum Dank dafür legte ihm Josef immer eine harte Wurst aufs Grab oder stellte einen Topf Honig dazu, die – nachdem Josef wieder gegangen war – entweder Julien Green mit ins Jenseits nahm – oder der Monsignore mit ins Pfarramt. Durch das Hinscheiden von Monsignore Mairitsch gibt's jetzt niemanden mehr, der Wurst und Honig wegräumt. Entweder hat Josef die Grabbeilagen mittlerweile eingestellt. Oder Julien Green verspeist sie nun tatsächlich.

DAS THEATER

Trittst du aus der Kirche auf den Pfarrplatz hinaus und gehst nach rechts, in nördliche Richtung, erreichst du nach ein paar Metern die Theatergasse, in die du links einbiegst. Linker Hand passierst du das Bierhaus zum Augustin und das Theatercafé, rechter Hand die Italian Bar Teatro, die Stadtgalerie, die Bezirksmusikschule und eine kleine umzäunte Grünfläche, die auch schon gern ein Park wäre, nämlich der Norbert-Artner-Park: Und schon bist du – wie die Massierung der Namen, in denen »Theater« vorkommt, ja indiziert, auf dem Theaterplatz vor dem Jubiläumsstadttheater. Weil du es gerade mit eigenen Augen siehst, könnte ich es mir beinahe ersparen, das schnuckelige Jugendstiltheater zu beschreiben und ins Schwärmen zu geraten: Selbst im Theaterreich Österreich wird man – jedenfalls außerhalb von Wien – kaum ein zweites architektonisch so prächtiges Schauspielhaus finden, auch wenn es der Stadt angemessen und demnach nicht allzu groß ist: Es fasst etwa achthundert Plätze. Und weil das ja golden auf hellbeige auf der vorderen Fassade steht, kannst du auch selber lesen, dass dieses Stadttheater von 1908 bis 1910 zum sechzigsten Regierungsjahr von Kaiser Franz Joseph erbaut worden ist. In den späten neunziger Jahren des zwanzigsten Jahrhunderts wurde das Theater mit großem Aufwand einerseits restauriert und – was den Zuschauerraum betrifft – in den Originalzustand von 1910 rückgeführt, andererseits modernisiert, mit neuer Klima- und zeitgemäßer Beleuchtungsanlage ausgestattet sowie mit einem architektonisch tollkühnen Zubau von Günther Domenig versehen, der dem Theater wie allen Domenig-Bauten von der Heft in Hüttenberg bis zum Reichsparteitags-Dokumentationszentrum in Nürnberg den Eindruck verleiht, es würde am liebsten im nächsten Augenblick davonfliegen: Jugendstil – The Next Generation – da fliegt mir doch das Blech weg!

Auch auf dem Dach des Stadttheaters sitzen absprungbereit zwei wunderschöne, splitternackte junge Frauen mit großen Brüsten. Du lieber Himmel! Schau hinauf, du wirst sie auch sehen! Ich glaube, sie sind einfach verzweifelt über die kulturpolitische Situation in Stadt und Land. Aber Mädels, das ist ja keine Lösung! Haltet durch! Sooft ich kann, gehe ich zum Theater, schaue nach, ob die Frauen noch auf dem Dach hocken und rede ihnen gut zu.

Weil kein zweiter österreichischer Regent, egal in welchem politischen System, auch nur annähernd so lange in der Wiener Hofburg am Heldenplatz ausgeharrt hat, hat Klagenfurt leider kein eigenes Opernhaus (die Oper und alle anderen Singspiele werden einfach im Theater aufgeführt).

Vier Intendanzen habe ich bisher persönlich miterlebt, begonnen mit dem Intendanten Herbert Wochinz, der ein guter Freund von Eugène Ionesco war. Dessen absurdes Theaterstück *Die Stühle* habe ich als Mittelschüler gesehen und bin seither ein großer Verehrer Ionescos. Leider wollte Ionesco hier nicht begraben werden. Dem würde ich regelmäßig Wurst und Honig aufs Grab stellen! In der Erstausgabe habe ich irrtümlich behauptet, Eugène Ionesco sei nie nach Klagenfurt gekommen. Was für ein Irrtum! Zigtausende Leser haben mich postwendend darauf aufmerksam gemacht. Das war mir so peinlich, dass ich zur Entschuldigung sofort einen eigenen Roman geschrieben habe, wie Ionesco nach Klagenfurt gekommen und sein Absurdes Theater in Klagenfurt auferstanden ist.[14] Richtig war immerhin meine Behauptung, im Unterschied zu Julien Green habe sich Ionesco nicht in Klagenfurt beerdigen lassen.

14 Egyd Gstättner: Das Freudenhaus. Roman über das absurde Theater. Picus, Wien 2015.

Deshalb bin ich nach Paris gefahren und habe ihm Wurst und Honig auf dem Friedhof von Montparnasse auf die Marmorgrabplatte gelegt. Eine andere Freundschaft verband Wochinz mit H. C. Artmann, die von ihrer gemeinsamen Arbeit bei den Komödienspielen im Schloss Porcia in Spittal an der Drau herrührte, wo Artmann Übersetzer und Wochinz Spielleiter war. Vom Briefwechsel Wochinz–Artmann existieren noch alle Briefe Artmanns, weil sie der sorgfältige Wochinz aufbewahrt hat. Die Briefe von Wochinz hat das schlampige Genie Artmann auf der Flucht vor Alimente fordernden Frauen irgendwo zwischen Spittal und Schweden verwurstelt. Trotzdem hat ein weiterer Wochinz-Freund, Alois Brandstetter, diesen halbierten und nichtsdestoweniger ebenso interessanten wie aufschlussreichen Briefwechsel herausgegeben.[15]

Wochinz' Nachfolger Dietmar Pflegerl war siebzehn Jahre Intendant dieses Theaters und hat Klagenfurt in seiner Ära zu einer der bedeutendsten Bühnen Österreichs gemacht. Unter den ortsansässigen Schauspielern hatte er sich zunächst viele Feinde eingehandelt, weil er, dem internationalen Theatertrend folgend, das Ensemble auflöste (mehr als einmal waren unter den Opfern Arbeitslosigkeit, Trunksucht und Tod die Folgen), vermehrt auf Koproduktionen mit Bühnen aus Wien oder Berlin, auf Gastspiele und auf das Starprinzip setzte. Berühmte Schauspieler wie Karl Merkatz, Karlheinz Hackl, Dietrich Mattausch oder Toni Böhm standen hier auf der Bühne. Einmal gastierte selbst Claus Peymann mit seinem Burgtheater mit einer szenischen Collage, die den Titel *Ingeborg Bachmann. Wer?* trug. Ritter und Dene spielten hier. Nur Voss nicht: Das wäre ein anderes Stück gewesen. Texte von

15 H. C. Artmann: Ich brauch einen neuen Wintermantel etz. Briefe an Herbert Wochinz. (Herausgegeben von Alois Brandstetter) Jung & Jung, Salzburg 2005.

Ingeborg Bachmann ausgerechnet an diesem Theater auf die Bühne zu bringen, war mehr als passend: Die erste Geschichte in Bachmanns Erzählband *Das dreißigste Jahr* hat den Titel *Jugend in einer österreichischen Stadt* und beginnt mit folgendem Satz: »An schönen Oktobertagen kann man, von der Radetzkystraße kommend, neben dem Stadttheater eine Baumgruppe in der Sonne sehen. Der erste Baum, der vor jenen dunkelroten Kirschbäumen steht, die keine Früchte bringen, ist so entflammt vom Herbst, ein so unmäßiger goldener Fleck, daß er aussieht, als wäre er eine Fackel, die ein Engel fallen gelassen hat. Und nun brennt er, und Herbstwind und Frost können ihn nicht zum Erlöschen bringen.«[16] Vielleicht ist ja gerade heute ein schöner Oktobertag? Siehst du den goldenen Fleck? Siehst du die Fackel des Engels? Zwei Absätze weiter steht freilich ein Satz, den keine Stadt der Welt gerne in einen Stadtführer aufnehmen würde: »In diese Stadt ist man selten aus einer anderen Stadt gezogen, weil ihre Verlockungen zu gering waren.«[17] Aber ich denke, Wahrheiten muss man ja nicht verschweigen, bloß weil sie unangenehm sind. Man könnte solche Sätze als Ansporn nehmen, die Wirklichkeit langfristig dahingehend zu verändern, dass sie nicht mehr stimmen.

Dietmar Pflegerl öffnete sein Theater – wenngleich vorsichtig und dosiert – für einheimische lebende Autoren: Er vergab Stückeaufträge, und wenn er auch nicht alle zur Aufführung brachte, bezahlte er sie jedenfalls. Aber etwa Werner Koflers *Tanzcafé Treblinka* war zu sehen, Peter Turrinis *Bei Einbruch der Dunkelheit*, die Opera buffa *Die schöne Helena*, der ich neue Dialoge verpasste, und wiedereröffnet wurde das Haus nach seiner Renovierung 1998 mit Gert Jonkes Zaubermärchen

16 Ingeborg Bachmann: Das dreißigste Jahr. dtv, München 1984, S. 7.
17 Ebd.

Es singen die Steine. Gert Jonkes Elternhaus (beziehungsweise Mutterhaus), in dem er damals als über Fünfzigjähriger noch meistenteils wohnte, liegt keine hundert Meter Luftlinie vom Theater entfernt in der Dr.-Franz-Palla-Gasse. Bernd Liepold Mosser wurde mit der Regie zu Bert Brechts *Mutter Courage* beauftragt, Josef Winklers Prosaadaption *Laß dich heimgeigen, Vater, oder Den Tod ins Herz mir schreibe* in der Außenstelle des Maria Saaler Tonhofs gegeben. Die Zeit der politischen und kulturpolitischen Kämpfe am Theater scheinen fürs Erste dennoch vorbei.

Überaus erfolgreich waren auch zwei winterliche Literaturfestivals, die das Stadttheater gemeinsam mit dem Musil-Haus veranstaltete, bei denen die arrivierten in Kärnten lebenden oder aus Kärnten stammenden Autoren einen ganzen Sonntagnachmittag lang vor ausverkauftem Haus aus ihren Texten lasen. Trotz seines Hüftleidens war Gert Jonke in der Reihe der Schriftsteller unmittelbar vor mir durch die engen unterirdischen Gänge von der Kantine zur Bühne seinem, unserem Publikum freudestrahlend geradezu entgegengeschwebt. Später – ich hatte meinen Auftritt bereits absolviert, war aber wie alle Lesenden weiterhin auf der Bühne sitzen geblieben – sah ich Jonke ans Pult treten. Er winkte dem Intendanten Pflegerl, der in einer der Logen saß, zu und sagte seinen launigen Text mehr auf, als dass er ihn vorlas. Jonke kannte viele seiner Texte auswendig: »Herr Intendant, grüß Gott, Sie werden mich nicht kennen. Ich bin der Erste Städtische Bestattungsunternehmer. Es wird Ihnen vielleicht nicht ganz unbekannt geblieben sein, dass es mir gelungen ist, die Beerdigungen in unserer Stadt zu reformieren. So wie ein Begräbnis bisher ablief, war das den Kunden nicht mehr zuzumuten. Sie zahlten für eine Bestattung ein halbes Vermögen und bekamen dafür so gut wie nichts geboten. Immer der gleiche muffige Klingklang und das gleiche öde Geleier ...«[18] Es folgte ein Maßnahmenkatalog zur künstlerischen Ausgestaltung von Beerdigungen.

Nur eineinhalb Jahre später war der Intendant Pflegerl, drei Jahre später der Dichter Jonke tot. Beide waren nur knapp über sechzig Jahre alt vom Krebs hinweggerafft worden. Das programmierte Ende seiner Intendanz und die Theaterübergabe verpasste Dietmar Pflegerl nur um wenige Wochen. Nach Josef Köpplinger und dem gebürtigen Deutschen Florian Scholz, der nach der laufenden Spielzeit nach Bern wechselt, wird Aron Stiehl aus Wiesbaden die Intendanz übernehmen.

Das Jubiläumsstadttheater liegt in eine aus mehreren Teilparks bestehende, an die nördliche Ringstraße, den St. Veiter Ring, schließende Parkanlage gebettet, die gewissermaßen das offizielle Künstlerviertel der Stadt darstellt, in das neben dem Theater auch das Haus der Architektur nördlich davon, der sogenannte Napoleonstadl gehört, westlich davon auf einer kleinen Erhöhung das Stadthaus, gefolgt vom Europahaus, gefolgt vom Künstlerhaus. Im Sommer könntest du dir im Goethepark neuerdings das »Bodypainting Festival« ansehen. Sich selber anmalen und bildnerisch verschönern zu lassen, ist im Eintrittspreis allerdings nicht enthalten.

Es waren der Sachbuchautor und Kulturpublizist Humbert Fink und der damalige ORF-Landesintendant Ernst Willner, die bald nach dem Tod Ingeborg Bachmanns, die am 17. Oktober 1973 in Rom einem Brandunfall erlegen war, den Ingeborg-Bachmann-Preis ins Leben riefen, der nicht nur wegen seines Jurysprechers Marcel Reich-Ranicki, sondern auch deswegen im gesamten deutschsprachigen Raum sofort ins Gerede kam, weil er (für damalige Verhältnisse) unverschämt hoch

---

18 Gert Jonke: Freier Fall. In: G.J.: Alle Stücke. Jung & Jung, Salzburg 2008.

dotiert war, so hoch wie der altehrwürdige große österreichische Staatspreis nämlich, mit unfassbaren hunderttausend Schilling. (Umgerechnet etwa siebentausend Euro. Heute ist der Preis mit fünfundzwanzigtausend Euro dotiert.) Der erste Bachmannpreis fand genau hier, wo der Engel die Fackel fallen gelassen hat, im Stadthaus statt, und der allererste Bachmannpreisträger, der allererste, der den unmäßigen goldenen Fleck in seine Vita eintragen durfte, war – Gert Jonke! Noch eine weitere geradezu literaturhistorisch bedeutsame Literaturveranstaltung gab es im Stadthaus, nämlich die Präsentation der Übersetzung von Florjan Lipuš' *Zögling Tjaž*, die Helga Mračnikar und Peter Handke ins Deutsche übertragen hatten. Im Publikum des dicht besetzten Stadtsaals saß auch der Schriftsteller Ingram Hartinger, der einen Zwischenruf wagte und meinte, es gebe wichtigere Kärntner-slowenische Autoren zu übersetzen. Daraufhin forderte Handke Hartinger coram publico auf, zum Podium herauszukommen, damit er ihm eine Ohrfeige verabreichen könne. Tags darauf war die Handke'sche Gewaltlust Thema Nummer eins in allen Medien. Die lustige Literaturgeschichte wiederholt sich mit marginalen Variationen bis heute.

Wenn Künstler und Dichter einmal gestorben sind, spazieren sie in anderen Geburtsstädten oft zu Messing gegossen, aber scheinbar quietschlebendig, durch die Fußgängerpassagen so wie etwa Sigi Sommer in München; Fernando Pessoa sitzt als Messingmodell im Gastgarten des Café A Brasileira in Lissabon, Peter Altenberg aus Papiermaschee im Café Central, ein bronzener Arthur Rubinstein klimpert im Messingfrack auf dem Messingklavier in der Fußgängerzone von Łódź, Italo Svevo oder Umberto Saba eilen zu Messing gegossen durch Triest, James Joyce lehnt an einem Brückengeländer am Canal Grande. Lissabon, Triest, Łódź, München, Wien: Ich weiß, ich weiß! In Klagenfurt ist man noch nicht ganz so weit. Vor dem Stadthaus gibt es zwar neuerdings ein Bachmann-Denkmal, wenn auch leider kein solches wie die beschriebenen. Es ist nicht die ganze Bachmann, nicht einmal ihre Büste, sondern wirklich nur der Kopf, als wäre er gerade guillotiniert, nach der Enthauptung zur Abschreckung des gemeinen Volkes ähnlich wie der von Oliver Cromwell aufgespießt und auf einem Hydranten ausgestellt worden. Falls sich etwas Entscheidendes ändert, werde ich in Neuauflagen gerne darauf hinweisen. Wer weiß? Vielleicht wächst Ingeborg Bachmann in ein paar Jahrzehnten ja bis zu den eigenen Zehen hinunter! Die Welt ist klein und Klagenfurt auch: Der Ingeborg-Bachmann-Auftragsschrumpfkopf stammt ausgerechnet von Gert Jonkes Halbschwester (Isa-)Bella Ban. Während der Drucklegung dieses Führers überlegt die Kommunalpolitik, welchen Teilpark der Theaterparkanlage man nach Jonke benennen und ob man die Schwester vielleicht auch den Bruder modellieren lassen könnte.

Robert Musil, der ebenso große wie kurze Klagenfurter, hat in seinem *Nachlaß zu Lebzeiten* (Vorlass) über Denkmale respektive Denkmäler geschrieben, sie entmerkten uns, sie entzögen sich unseren Sinnen. Sie sähen gewöhnlich aus wie die schweren Melancholiker in den Nervenheilanstalten. Die Frage stelle sich daher, warum gerade großen Männern Denkmale gesetzt werden. (Gendern war noch nicht im Hause Musil!) Es scheine – so Musil – eine ganz ausgesuchte Bosheit zu sein. Da man ihnen im Leben nicht mehr schaden könne, stürze man sie gleichsam mit einem Gedenkstein um den Hals ins Meer des Vergessens: Musil selbst, der mit Klagenfurt so viel zu tun hatte wie Thomas Bernhard mit Heerlen und Gert Voss mit Shanghai, ist diese Bosheit erspart geblieben: kein Denkmal, kein Gedenkstein, kein Vergessen. Fast alle, denen in der jubilierenden Großstadt Klagenfurt ein Denkmal gesetzt wurde, haben es bitter bereut: zuletzt Georg Bucher und sogar Josef Kassin, seines Zeichens selber Bildhauer und Büstenmacher: serienweise postume Enthauptungen im Schatten des Theaters. Bachmann wurde auch schon öfters umgetopft: Ihr aufgespießter Schrumpfkopf, meine ich ... Und die Verantwortlichen der Stadt, die sich, seit ich denken kann, gleichzeitig in pseudometropolischem Größenwahn und provinziellem Minderwertigkeitskomplex suhlen, als wären die ein Zwillingsbrüderpaar, bekennen seufzend ihre Ohnmacht und schauen drein wie die schweren Melancholiker in den Nervenheilanstalten: Selffulfilling Prophecy, siehe oben.

Bald wurde das Stadthaus zu klein, der Bachmannpreis zu groß, und weil er ja letztlich eine vom Fernsehen für das Fernsehen produzierte Veranstaltung ist, übersiedelte er konsequenterweise ins ORF-Theater des Landesstudios in der Sponheimerstraße, wo er bis heute stattfindet. Im Stadthaus ist Platz für Galerien, außerdem für Hochzeiten. Neben dem Steirischen Herbst und nach dem Prager Frühling gab es in den späten Siebzigern und frühen Achtzigern des zwanzigsten Jahrhunderts auch einen (kurzen) Kärntner Frühling, zu dem sogar eine Hausbesetzung in der Innenstadt gehörte, nämlich die des damals sehr heruntergekommenen Hauses Reitschulgasse 4 – des heutigen Europahauses neben dem Stadthaus – einst Sitz des vormals renommierten Kleinmayr-Verlags –, das die überwiegend jugendlichen Besetzer KOZ, kurz für Kommunikationszentrum, nannten. Statt elektrischen Stroms gab es Kerzenlicht, als einziges Mobiliar Matratzen und Strohballen, Lesungen im Türkensitz, Alkohol und andere bewusstseinsbearbeitende Substanzen. Nach einem Todesfall war dann aber Schluss mit anders. Drogentote waren damals noch die krasse Ausnahme, sogenannte Einzelfälle. Das Europahaus wurde geräumt, von

Grund auf restauriert und steht heute ebenso für Ausstellungen und kleinere Veranstaltungen zur Verfügung wie das Künstlerhaus nebenan, das nach Plänen des Wörtherseearchitekten Franz Baumgartner erbaut wurde. Das renovierte Europahaus enthält übrigens auch eine kleine Stadtschreibermansardenwohnung, denn eine Zeit lang leistete sich die Stadt Klagenfurt die Institution des ganzjährigen Stadtschreibers: Slobodan Miletic aus Belgrad machte hier Station, Lothar Schöne aus Wiesbaden, Robert Schindel und Sabine Gruber. Ein Stadtschreiber konnte die Stadtschreiberwohnung nicht wieder verlassen, weil übers Jahr bei ihm zu Hause der Krieg ausgebrochen war (er lebte und starb dann als Tennislehrer). Ein anderer war so gut wie nie da und kam nur einmal im Monat, um sein Honorar abzuholen. Einer Dichterin wurde angeblich von einer Maus der Garaus gemacht. Wieder ein anderer überwarf sich mit dem ebenfalls dichtenden Kulturbeamten, der zu seiner Betreuung abgestellt war. Jedenfalls waren alle zusammen nicht in der Lage oder auch nichts willens, Klagenfurts Bedeutung in der Welt dauerhaft zu heben, und so sparte der Kulturstadtrat den Stadtschreiberposten nach ein paar Jahren wieder ein und setzte lieber auf den Flirt mit Julien Green. Nach langjähriger Pause und vielen Kulturstadträten, die kamen und gingen, wurde der Stadtschreiberposten reaktiviert: Der jeweilige Publikumspreisträger beim Bachmannpreiswettlesen – ein in den Anfangsjahren noch undenkbar gewesener Preis – erhält die Einladung, im darauffolgenden Jahr Klagenfurter Stadtschreiber zu werden – allerdings nur noch in der »schönen Zeit« zwischen Mai und September. Der Berliner Underground-Literat Karsten Krampitz hat sich dabei auf Anhieb in Stadt und Land verliebt (und auch einige Streiche gespielt). Er sei jedenfalls, gestand er, »Kärnten positiv«. Gemeinsam mit seinem Stadtschreibernachfolger Peter Wawerzinek schrieb er selbst ein Klagenfurt-Buch.[19] In den letzten Jahren gab es hauptsächlich Stadtschreiberinnen, Gertraud Klemm, Cornelia Travnicek oder die Facebookdichterin Stefanie Sargnagel alias Sprengnagel.

Auf ein anderes sensationelles Theater im Goethepark, das in den letzten Jahren gegründet wurde, muss ich dich unbedingt hinweisen, nämlich auf das Jugendstiltheater Klagenfurt, das wahrscheinlich kleinste Theater der Welt. Das Theatergebäude ist ein 9,96 Quadratmeter großer spät-secessionistischer Pavillon, der nach Plänen des Architekten Franz Baumgartner (who else?) von Baumeister Georg Horčička 1913/1914 im Rahmen des baulichen Ensembles des Klagenfurter Künstlerhauses errichtet wurde, zehn Sitzplätze hat und vom Verein zur Anregung des dramatischen Appetits (VADA) bespielt wird. Er diente ursprünglich als Pissoiranlage des Künstlerhauses.

Allerdings ist es auch in der Literaturstadt Klagenfurt nicht so, dass aus jeder Toilette früher oder später ein Theater wird. Mein allererstes Theaterstück wurde im Theater im Landhauskeller aufgeführt, das längst nicht mehr existiert. Denn heute befindet sich dort die Toilette des Landhaus-Restaurants. Es geht auch anders …

19 Karsten Krampitz und Peter Wawerzinek: Crashkurs Klagenfurt. Poesie und Propaganda. Edition Meerauge, Klagenfurt 2012.

DAS LANDHAUS, DER LANDHAUSHOF UND DER LANDHAUSKELLER

Du stehst noch immer auf dem Platz vor dem Theater, und vor dir ragt aus dem Blumenbeet eine große, verglaste Schautafel, auf der du in großen Lettern lesen kannst, was heute gespielt wird. Falls du noch nichts anderes vorhast, wäre ein Theaterbesuch sicher eine lohnende Alternative. Aber bis zum Beginn der Vorstellung hast du noch gut zwei Stunden Zeit. Also gehst du jetzt vom Theaterplatz am besten am Palais Fugger vorbei kerzengerade in südliche Richtung durch die Ursulinengasse. Nach höchstens hundert Metern siehst du bei einem Eingang an der rechten Häuserfront eine kleine Tafel mit dem Bachmann-Zitat »Und eines Tages stellt den Kindern niemand mehr ein Zeugnis aus« und dem Hinweis, dass Ingeborg Bachmann hier zur Schule gegangen ist. Und das stimmt auch, was das Haus betrifft. Was die Schule selbst, also ihre Direktion betrifft, stimmt es nicht, denn das sogenannte Mädchengymnasium ist später in die Ferdinand-Jergitsch-Straße übersiedelt. Dazu morgen noch etwas mehr. Heute ist hier das Ursulinengymnasium untergebracht.

Auf Höhe dieses Schuleingangs jedenfalls, noch bevor du den Heiligengeistplatz, den städtischen Busbahnhof also, erreicht hast, wechselst du die Straßenseite, stehst vor dem Landhaus, durchquerst die Fußgängerpassage und stehst im Landhaushof mit seinen beiden markanten (aber nicht ganz identischen) Türmen. Hier tagt das Landesparlament, hier befinden sich die Räumlichkeiten der Parteiclubs, und falls es dich interessiert, findest du im Plenarsaal Fresken von Switbert Lobisser. Und hier lade ich dich ins Restaurant Landhauskeller ein. Das heißt: Ich schlage dir vor, hier einzukehren. Zahlen musst du freilich schon selbst, ich bin ja schließlich gar nicht da. Aber du bist, wenn auch auf kleinem Raum, weit gegangen, du hast viel gesehen, das du einmal verarbeiten musst. Du bist müde und hungrig, und ein bisschen Ruhe und eine kleine (oder große) Mahlzeit werden dir guttun.

Gestatte mir einen kleinen kulinarischen Exkurs, bevor du die Speisekarte zur Hand nimmst: Pizzerie, Chinesen, Kebap-Buden gibt es wie in jeder anderen Stadt freilich in Fülle. Aber was es in jeder anderen Stadt auch gibt, will ich dir gerade nicht empfehlen oder zeigen. Wärest du meiner Wegweisung nicht gefolgt, sondern die Ursulinengasse weiter geradeaus gegangen, hättest du nach zweihundert Metern den Benediktinerplatz erreicht, den städtischen Marktplatz, wohin donnerstags und samstags die Bauern kommen, um dort ihre Produkte feilzubieten, hauptsächlich Fleisch, Gemüse, Obst. Mittlerweile beteiligen sich auch Händler aus Italien und Slowenien gern: Man bekommt Adriafische, friulanischen Käse, slowenische Gibanica und Cremeschnitten: Hier lebt die Alpe-Adria-Idee. Auch kulinarische Künstler und Erfinder wirst du finden. Es gibt außerdem Stände in Permanenz, wo man schnell gut und günstig essen – und sich an schönen Tagen ein wenig sonnen kann. Im Süden wird der Benediktinerplatz von der Benediktinerkirche beschlossen, die zwar mit keiner nennenswerten Sakralkunst angeben kann, aber am Sonntag dem Vernehmen nach die am besten besuchte Kirche der Stadt ist, denn der Vormittagsgottesdienst wird von einem kroatischen Priester für den kroatischen Teil der Bevölkerung in kroatischer Sprache gehalten. Manchmal und ganz unverhofft wandelt auch einer, langen Haares und barfuß, über den Benediktinerplatz, sammelt Pilze und prüft sorgsam die Gemüse der Äcker und die Früchte der Felder und des Waldes. Das ist nicht Jesus Christus, sondern Peter Handke, und hinter seinem Rücken tuscheln alle Fieranten: »Das ist doch? Ist er es wirklich?« Gerade am Samstag mutiert der Benediktinerplatz zum Kommunikationszentrum und Treffpunkt, wo du zwischen lustwandelndem Volk vom Fußballfunktionär bis zum Schriftsteller und vom Kirchenmann bis zum Eishockeychampion (und in Wahlzeiten natürlich Politiker, Politiker, Politikerinnen, Politikerinnen) fast alle treffen kannst, die ich in meinem Stadtführer bisher erwähnt habe oder noch erwähnen werde, sofern sie noch leben, in der Stadt wohnen und gesund sind.

Ich selbst bin eher selten auf dem Markt anzutreffen – zu viele Menschen und zu viel Gemüse für meinen Geschmack –, aber als die Bayern ihr Stadtporträt mit mir drehten, wollten sie unbedingt auch hier auf dem Marktplatz vor dem Denkmal des Steinernen Fischers (der laut Sage versteinert wurde, weil er seine Ware falsch gewogen und zu teuer verkauft hat) ein Statement drehen. Es gibt in Klagenfurt mehr als eine Sage mit der Moral, dass Untaten in dieser Stadt hart bestraft werden – und dass die harten Strafen überhaupt nichts nützen. Sie haben weder Einsicht noch Läuterung zur Folge. Und die Leute vom Bayerischen Rundfunk wollten auch unbedingt »in die Pumpe« Mittagessen gehen. Das Lokal an der südöstlichen Ecke des Marktplatzes heißt aber in Wirklichkeit nicht *die*, sondern *der* Pumpe (man kann aber auch Gastwirtschaft zum Großglockner sagen), und wer zum Bersten volle Wirtshäuser mit entsprechender Geräuschkulisse schätzt, die mit schwerer schwarzer Holzverkleidung und düsterem Licht in allen Räumen bestechen, der wird sich hier gleich zu Hause fühlen. Der in Triest lebende deutsche Kriminalschriftsteller Veit Heinichen, der sich auf Plots spezialisiert hat, die regionale Küche und internationale Verbrechen im Epizentrum Triest mischen, hat in einem seiner Krimis schon zwei finstere Figuren sich beim Pumpe in Klagenfurt verabreden lassen, wo es »herausragendes

Gulasch« gibt.[20] Welche Ehre! Zwar bezweifle ich, dass sich das internationale Großverbrechen tatsächlich beim Klagenfurter Pumpe ein Stelldichein beim Gulaschessen gibt, aber ich habe trotzdem Angst, dieses Gasthaus zu betreten. Unwillkürlich kommen mir beim Betreten Albin-Egger-Lienz-Gemälde in den Sinn. Vor allem aber habe ich Angst vor walküreartigen Kellnerinnen, die direkt von einer Wrestling-Veranstaltung zu kommen scheinen und mich anherrschen, ich soll ins Kaffeehaus gehen, wenn ich es wage, in ihrem Gasthaus ein kleines Bier (!!!!!) oder – horribile dictu – tatsächlich allen Ernstes einen Kaffee zu bestellen. Die Walküre, die ich meine, hieß Ria, verursachte zahlreiche kleinere Erdbeben und stammte noch aus meiner Mittelschulzeit. Dass sie würdige Nachfolgerinnen gefunden haben soll, weiß ich nur vom Hörensagen. Wenn der Pumpe also ein typisches Kärntner Lokal sein soll, dann bin ich sicher ein untypischer Kärntner und Klagenfurter. Aber ein Kärntner bin ich doch, und ich fordere von den Mehrheitstrinkern, als Anderstrinkender respektiert zu werden! Der korrekte und obendrein freundliche Umgang mit Minderheiten ist auch im Wirtshaus eine Frage des Stils! Ria wurde »ein Original« genannt. Deswegen sind mir Fälschungen lieber als Originale – und je falscher die Fälschungen, desto besser. Trotzdem habe ich Rias Empfehlung ernst genommen, habe mich verabschiedet und bin, wenn schon nicht ins Kaffeehaus, so in die Konditorei Korbelius nur ein paar Schritte weiter in der Karfreitstraße gegangen: ein Familienunternehmen, das noch heute existiert und an dem die Zeit spurlos vorüberzugehen scheint. Probiere einmal die Orlofftorte! Oder die Kastanientorte! Oder die Baisertorte. Oder die Nougatrolle. Oder die Schaffhausner. Besser als in Schaffhausen! Dieser Konditor

20 Veit Heinichen: Die Ruhe des Stärkeren. Zsolnay, Wien 2009.

ist ein Kulturschaffender! Und dazu trink einen Fruchtsaft von Pago, dem Klagenfurter Fruchtfrohbotschafter in vielen Teilen der Welt! (Na ja, das stimmt leider auch nicht mehr ganz. Pago wurde mittlerweile verkauft und ist ein international agierender Konzern der Eckes-Granini Group mit Sitz in St. Florian bei Linz. Aber gegründet wurde er 1888 von den Gebrüdern Franz & Jakob Pagitz in Klagenfurt. Nichts ist für die Ewigkeit, Fruchtsaft schon gar nicht.)

Wie auch immer: Du sitzt jetzt also im Restaurant im Landhaushof – sofern das eben noch existiert, wenn du die Stadt Klagenfurt besuchst und hier in diesem Führer schmökerst. Ich hoffe sehr, aber man kann ja nie wissen: Auch ein Stadtführer ist dem Wandel der Zeit unterworfen. Mein Ideal als Lokal wäre so eines wie Auerbachs Keller in Leipzig, den Goethe im *Faust* als einen Schauplatz wählt – und den es bis heute gibt. Dabei ist die Szene, die in Auerbachs Keller spielt, keine dramenentscheidende: Die Rede ist nur von der »lustigen Gesellschaft« und von den Bürgern, die »mit wenig Witz und viel Behagen« hier beim Trank zusammensitzen. Das tun sie immer noch, essen Krautrouladen mit Rotkohl und Kartoffelklößen, anschließend eine geeiste Leipziger Lärche – dahinter lauert schon Auerbachs Merchandising Kellershop und einen Stock höher zu ebener Erde in der Mädlerpassage die wunderhübsche Bar Mephisto. Aber ich führe dich ja nicht durch Leipzig, sondern durch Klagenfurt, wo ich kein Gasthaus kenne, das seit der deutschen Klassik existiert, wo ich selbst während meines kurzen Lebens schon etliche traditionelle Gastbetriebe für immer ihre Türen schließen gesehen habe und wo der Weg noch weit ist bis zu einer Bar Wegscheider.[21]

21 Frau Wegscheider ist eine Figur, die durch viele meiner Texte geistert, zusammengefasst in: Frau Wegscheiders Welt. Carinthia, Klagenfurt 2010.

Das macht Lokalempfehlungen *schwierig*. Wenn ich freilich zum Beispiel an das *Buch von der Riviera* denke, das Klaus und Erika Mann in den frühen Dreißigern des zwanzigsten Jahrhunderts geschrieben haben – und an die vielen Lokaltipps, die sie darin gegeben haben, so werden die meisten Adressen mittlerweile ebenfalls blind sein. Aber dann wählt der Tourist ohne große Einbuße eben ein neues Lokal mit anderem Namen fünfzig Meter weiter links oder rechts – und kann den Führer dessen ungeachtet doch mit ebenso großem Genuss lesen und die Atmosphäre und das Flair aufspüren, das er vermittelt. Eine originäre Kärntner Küche existiert natürlich, auch wenn sie in ihrer ganzen Vielfalt und Üppigkeit in ländlichen Regionen leichter zu bekommen ist als in der Stadt. Aber die Kärntner Nudeln serviert man dir natürlich auch hier, eine Art Regionalnationalgericht, mit einer Topfenmasse gefüllte Teigtaschen, die man als mutante Ravioli nicht ganz unzutreffend beschreiben könnte. (An dieser Stelle ein Wort zu der sagenumwobenen Tätigkeit des sogenannten »Krendelns«, von der es in rustikalen Führern heißt, jede Kärntnerin müsse sie beherrschen, bevor sie heiraten dürfe. Alora: Krendeln ist eine sehr befriedigende manuelle Technik, bei der zwei Nudeln mit bestimmten Fingergriffen kunstvoll ineinander verflochten und verknotet/knetet werden. Tatsächlich beherrschen nur die wenigsten Landsfrauen diese Technik – vor oder nach der Hochzeit.)

Vielen schmecken die Käsnudeln am besten nicht frisch zubereitet, sondern »aufgeröstet«, also kurz in Fett angebraten. Im Lauf der Jahre hat man auch viele andere Füllungen kultiviert: Man findet Schafkäsnudeln, Knoblauchnudeln, Kartoffelnudeln, Spinatnudeln, Mozzarella-Tomatennudeln, Fleischnudeln und sogar eine süße Variante, sogenannte Kletzennudeln mit einer Masse aus gedörrten und klein gehackten Birnen und anderen Früchten. Diese Kärntner Nudeln mit grünem oder gemischtem Salat kann ich dir ohne Weiteres auch hier im Landhaushofrestaurant empfehlen. Weil du hier aber nicht nur in Klagenfurt und Kärnten, sondern letztlich auch in Österreich bist, ist die wahre Spezialität des Hauses Tafelspitz, der, wie es der Kaiser gemocht hat, in der Rindsuppenschüssel serviert wird, und nachdem man den Tafelspitz gegessen hat, kann man die Suppe austrinken. Beigelegt sind Röstkartoffel, Spinat und Krensauce. Und als Nachtisch? Kaiserschmarrn – und im Winter Kastanienreis mit Schlag! – was sonst? So, Mahlzeit, lass es dir schmecken!

VOM LANDESHAUPTMANN

Na? Hab ich dir zu viel versprochen? Wenn der Tafelspitz abserviert ist, kannst du auf dem papierenen bebilderten Unterleger viel Wissenswertes über das Landhaus, den ersten Repräsentativbau des Landes lesen: von der ersten urkundlichen Erwähnung 1580, vom Erbhuldigungsfest Kaiser Karls VI. 1782, von J. Ferdinand Fromillers Deckenfresko im Großen Wappensaal des Landhauses 1740, das dieses Fest darstellt, vom Fürstenstein oder vom *Kärntner Himmel* von Switbert Lobisser, Teil eines Bilderzyklus, den mehrere Kärntner Künstler 1927 für das Landhaus anfertigten.

Vier Jahrhunderte nach der Erbauung des Landhauses befand sich dort das kleine unterirdische »Theater im Landhauskeller«, wo noch ein paar Jahre vor der Jahrtausendwende mein erstes Theaterstück seine Uraufführung erlebte, das, wie es sich für einen Dichter in seinem dreißigsten Jahr gehört, von der Erschaffung des Menschen handelte. Ein Vierteljahrhundert später sind die meisten Akteure bereits verstorben – der Theaterdirektor, die Hauptdarstellerin, die Theaterkritiker der Zeitungen – selbst die meisten Zeitungen. Und das Theater ... Erst der Tod macht das Vergangene historisch. Ein paar Jahre später gab es einen veritablen Kulturskandal um den sogenannten »Kolig-Saal« – nicht zu verwechseln mit dem Wappensaal – im Grund ein Durchgangszimmer mit Regenschirmständer, mit dessen Restaurierung Cornelius Kolig – Anton Koligs Enkel – beauftragt war. Eine politische Gruppierung diffamierte den »Fäkalkünstler« monatelang. Der Gipfel der Niederträchtigkeit war eine Unterschriftenaktion in der Kramergasse im Zentrum der Stadt gegen dieses Werk, das in statu nascendi und unveröffentlicht, unbesichtigbar, unbekannt war. Der Initiator, ein fleißiger kleiner Diener seines hohen Herrn, der später bis an die Spitze der Stadtregierung gelangen sollte, hatte »Erfolg«: Etwa zwölftausend Bürgerinnen und Bürger protestierten mit ihrer Unterschrift gegen Kunst, die sie weder kannten noch gesehen hatten. Jahre später bekam Kolig den Landeskulturpreis verliehen. Er schüttelte dem hohen Herrn und Kulturreferenten aber nicht die Hand, sondern platzierte zwischen ihm und sich eine riesige selbst gebastelte Händeschüttelmaschine und Greifzangenapparatur. Die trägt keine Schuld daran, dass der hohe Herr keine zwei Jahre später selbst im Wappensaal lag, nämlich im Sarg, und auf seine Kremierung wartete.

Bis der Kaffee serviert wird, möchte ich dir die Zeit aber mit einem Hinweis vertreiben, der am Landhaushof-Gasthaus-Papierunterleger noch fehlt, nämlich dass du jetzt genau in dem Gebäude und ein Stockwerk tiefer fast genau unter jener Stelle sitzt, wo einst Jörg Haider nach seinem Unfalltod aufgebahrt gewesen ist, im Wappensaal nämlich, der ohne Voranmeldung nicht frei und öffentlich zugänglich ist. Auf der Südtreppe des Landhausinnenhofs hat man den Sarg hinauf zum Arkadengang getragen, der zum Wappensaal führt, auf der Nordtreppe wieder herunter. Journalisten maßen dieser Inszenierung später kultischen Charakter bei. In den drei Tagen im Oktober 2008, die dazwischen lagen, sind Tausende und Abertausende Menschen aus dem ganzen Land gekommen, haben lange Schlangen im Landhaushof gebildet, deren Schwanz bis weit in den Alten Platz hinausreichte, und sie haben stundenlang und auch bis in die tiefe Nacht hinein gewartet, ehe sie sich vor dem Sarg verneigen und sich von ihrem Landeshauptmann verabschieden konnten. Ganz Österreich und halb Europa haben sich über das Ausmaß und die Intensität der Anteilnahme der Kärntner Bevölkerung gewundert, übrigens auch ich. Denn Jörg Haider war für den kleineren Teil der Bevölkerung (zweiundvierzig Prozent) ein sensationeller, für den größeren Teil (achtundfünfzig Prozent) jedoch ein beängstigender Landeshauptmann gewesen.

Welcher andere Landeshauptmann eines österreichischen Bundeslands ist denn jemals plötzlich bei einem international geächteten Massenmörder und Tyrannen wie Saddam Hussein aufgetaucht, hat ihm freundlich lächelnd die Hand geschüttelt, mit ihm beim Tee geplaudert und ihm ein Kärntner Landschaftsgemälde samt den Grüßen des österreichischen Volkes überbracht? Welcher andere Landeshauptmann hat denn vom kleinen slowenischen Anwalt (»Verkehrsrowdy«, »Raser«) bis zum großen französischen Staatspräsidenten (»Westentaschennapoleon«), von der katholischen Kirche (»absurder Verein«) bis zum Präsidenten der Israelitischen Kultusgemeinde alles und jeden beschimpft und verspottet, wie es ihm gerade eingefallen ist – von kritischen Künstlern einmal ganz zu schweigen? Welcher andere Landeshauptmann hat denn jemals Erkenntnisse des Verfassungsgerichtshofs ignoriert und dadurch rechtsstaatliche Grundprinzipien außer Kraft gesetzt? Welcher andere Landeshauptmann wurde denn jemals seines Amtes enthoben, weil er »die ordentliche Beschäftigungspolitik im Dritten Reich« gelobt hatte? (1991) Abgewählt wurde er damals freilich nicht vom Volk, sondern von den rivalisierenden Parteien, die seine erste Landeshauptmannperiode als Obmann der zweitstärksten Partei erst ermöglicht hatten. (Und sie setzten ihn – Moral hin oder her – bei derselben Sitzung als Vizelandeshauptmann wieder ein …)

Umgekehrt hat Haider wie kein zweiter Oppositionspolitiker der Zweiten Republik Österreichs das herrschende politische Establishment durcheinandergewirbelt, die Arroganz und Ignoranz der Macht, Filz, Proporz, Parteibuchwirtschaft, Privilegien angeprangert und gegeißelt, wenn auch nur, um selbst an die Macht gekommen das gleiche Spiel eben in seinem Sinn und mit seinen Figuren weiterzutreiben. Nicht die absolute, aber eine große relative Mehrheit der Menschen in Kärnten verzieh ihm das alles aber nicht nur, sondern liebte und verehrte ihn, weil er sich um nichts mehr kümmerte als um den persönlichen Kontakt zu den Menschen und ihnen das Gefühl vermittelte, einer von ihnen zu sein. Dabei kam er eigentlich aus Oberösterreich – und ursprünglich nur deshalb nach Kärnten, um sein Millionenerbe anzutreten. Mit einem ganzen Tal und dessen Fruchtgenuss in der Hinterhand fiel es ihm freilich leicht, »sich etwas zu trauen« und »die da oben vor sich herzutreiben«. Einen großen Teil seiner Popularität verdankte er neben seiner enormen Medienpräsenz innerhalb wie außerhalb des Landes, wie andere Regionalpolitiker auch, seinem Aussehen, seiner Sangeskunst, seiner Kommunikationsfreude und Jovialität, Charakteristika, die sein Machtbewusstsein im Umgang mit den Menschen oft versteckten. Er stand, wie seine Wahlplakate stolz verkündeten, »den Mächtigen im Weg«, also vor allem sich selbst. Viele Landsleute hat es überdies mit großer Genugtuung erfüllt, dass dieser Jörg Haider zwischen 2000 und 2006 nicht nur ihr Landeshauptmann, sondern gleichzeitig auch österreichischer Geheimbundeskanzler über dem Bundeserfüllungsgehilfen Wolfgang Schüssel war und diese Republik von ihrer sechstgrößten Stadt Klagenfurt aus wenn schon nicht offiziell regierte, so doch ganz sicher lenkte. Die Anzahl der aus Kärnten und Klagenfurt kommenden Minister stieg von 2000 weg ebenso abrupt an, wie sie nach 2006 wieder absackte. Alle vierzehn Tage tanzten Vizekanzler und Minister der Republik damals in Klagenfurt an, um seine Direktiven in Empfang zu nehmen. Heimspiele des FC Kärnten im alten Waidmannsdorfer Stadion waren damals inoffizielle Regierungsklausuren im VIP-Zelt hinter der Haupttribüne.

Wie seine Landsleute eines Tages (im Februar 2002) aufwachten, aus den Morgennachrichten erfuhren, dass ihr Landeshauptmann plötzlich beim Giftgasmörder Saddam Hussein aufgetaucht war – und es nicht fassen konnten, wachten sie eines Tages (am 11. Oktober 2008) auf, erfuhren aus den Morgennachrichten, dass sich ihr Landeshauptmann bei einem Unfall erschlagen hatte, und konnten es noch viel weniger fassen (und glauben). Von Anfang an setzte sich in den Medien der Sprachgebrauch vom »tragischen Tod« des Landeshauptmanns durch. Vermutlich wäre man der Wahrheit nähergekommen, es wäre allerdings pietätlos und angesichts der Machtverhältnisse im Land auch nicht ungefährlich gewesen, von einem »peinlichen Tod« zu sprechen. Nach und nach kamen aber peinliche und immer peinlichere Fakten ans Licht. Der Landeshauptmann war zum Zeitpunkt seines Unfalls mit mindestens hundertzweiundvierzig Stundenkilometern durch Ortsgebiet gedonnert und hatte eine Fünfzig-Stundenkilometer-Beschränkungstafel mit sich gerissen. Er war außerdem schwer betrunken in seinen Dienstwagen, einen Phaeton VW gestiegen und hatte, wie Bluttests ergaben, zum Zeitpunkt seines tödlichen Unfalls 1,8 Promille im Blut. Jörg Haider war nicht nur der erste Landeshauptmann der Zweiten Republik, der im Amt und bei einem Verkehrsunfall gestorben, sondern auch der erste Landeshauptmann, der unvertuschbar bei einem schweren Gesetzesbruch ums Leben gekommen ist. Ein Ende mit Schrecken nach dem Schrecken ohne Ende. Seine Verehrer sagten: Tragisch. Seine Gegner sagten: Typisch.

Von der Obduktion aus Graz zurückgebracht, lag Jörg Haider – ein Stockwerk über dir – im Wappensaal des Landes neben dem Fürstenstein in seinem Sarg aufgebahrt. Das war das

Ende, zugleich aber auch der Anfang einer Geschichte, einer Sage, an der viele in Stadt und Land und auch viele außerhalb mitgeschrieben haben.

Was sind die Sagen vom Wörthersee-Mandl, vom Türmer, vom Steinernen Fischer schon im Vergleich mit der Sage vom sturzbetrunkenen Landeshauptmann im Phaeton? Aber auch diese Sage erzählt wieder von den erbarmungslos harten Strafen, die das Schicksal in dieser Stadt für Menschen bereithält, die glauben, dass es für sie kein Gesetz gibt und dass sie jenseits jeder Vernunft rücksichtslos und ungeniert tun und lassen können, was ihnen gerade beliebt. Die Sage erzählt freilich auch, wie die Taten eines Menschen postum umgedeutet werden können, wie er selbst umgebaut werden kann und nach seinem Tod immer besser wird. Wie aus einem Unfall ohne konkreten Verdacht oder Beweis Attentat und Mord werden können. Wie jede Sage hat auch diese neue Landessage einen wahren Kern und viel falsches Fleisch rundherum.

Das alles ist mittlerweile ein Dutzend Jahre her und Geschichte. Vergessen soll diese Geschichte aber nie werden. Unter Haiders Nachfolger als Landeshauptmann wurde der Ortstafelkonflikt beigelegt, mittlerweile ist schon der übernächste Landeshauptmann die zweite Periode im Amt, unter seiner Regentschaft ist Ruhe eingekehrt, und ich bleibe hier meiner Maxime treu, prinzipiell keine Politikernamen zu nennen, solang sie den Verfassungsbogen nicht überspannt und nicht vor Gericht gestanden und zu Freiheitsstrafe oder Fußfessel verurteilt worden sind.

Freilich weiß ich aus eigener Erfahrung, dass immer mehr schaulustige Touristen in die Stadt kommen, weil sie die Schauplätze der Weltliteratur inspizieren und Jörgs letzten Weg persönlich nachpilgern wollen. Letzte Wege gibt es zwei:

den größeren zu Lebzeiten am letzten Tag, den kleineren eine Woche danach bei der trauerfeierlichen Verabschiedung. Zu den Schauplätzen des ersten: Da müssten wir am Friedhof in Annabichl beginnen, in den ich dich gleich nach deiner Landung ganz am Anfang bereits geführt habe. Da hat Haider an einer militärischen Gedenkfeier anlässlich des Landesfeiertags teilgenommen, einen Katzensprung vom Bachmann-Grab entfernt. Die nächste Station wäre hier, wo wir gerade sind, im Landhaushof, ebenfalls eine kleine Landesfeier mit Chorgesang, diesmal mit Schülern. Dann ein paar Schritte weiter ins Café Moser-Verdino, wo er den beiden Chefredakteuren der *Kleinen Zeitung* das letzte Interview seines Lebens gegeben hat. In die Café-Bar Bem Vindo am Kardinalplatz (ein paar Hundert Meter östlich des Neuen Platzes), bei dessen Eröffnungsfeier er teilgenommen hat. Einen Sprung nach Velden ins Le Cabaret, ein Lokal im dortigen Casino, wo die Einweihungsparty eines Blitzlichtmagazins stattgefunden hat. Über die Autobahn die Viertelstunde wieder zurück nach Klagenfurt, next stop Stadtkrämer in der Spitalgasse (gleich beim Kardinalplatz), ein klitzekleines »Szenelokal«, das sich vor allem um eine bestimmte Szene kümmert, in das aber, wie spätere Recherchen der Witwe ergeben haben, angeblich auch Frauen eingelassen werden.

Du steigst in ein Auto (am besten in ein Taxi) und fährst auf die Rosentaler Straße, auf den Highway des Todes. Es ist die aus dem Villacher Ring entstehende Ausfallstraße, die nach Süden führt. Es gibt einen zweiten berühmten Oberösterreicher, der nach Kärnten eingewandert ist und oft in der (unattraktiven) Rosentaler Straße unterwegs ist, allerdings zu Fuß, nüchtern und in der entgegengesetzten Richtung, auf die Stadtmitte zu: nämlich den Romancier Alois Brandstetter, der in seinem Sprayerroman *Ein Vandale ist kein Hunne* dieser Rosentaler Straße ein literarisches Denkmal gesetzt hat. Nach dem südlichen Ortsende Klagenfurts geht die Rosentaler Straße in die Loiblpass-Bundesstraße über, und von dort ist es nicht einmal mehr ein Kilometer bis zur Endstation, bis zur Unfallstelle, die in den Tagen und Wochen nach Haiders Tod einer Lavazunge aus Kerzen glich. Außerdem wurden viele handschriftliche Botschaften, Bilder, Blumen, Kränze und Klimbim hinterlassen. Ein anonymer Künstler hat bei Nacht und Nebel einen Gedenkstein in Form eines vom Baum fallenden Blattes aus Marmor hinterlassen. Und viele Schaulustige zwischen den Schautraurigen haben sich auch gefragt, wie man denn in einem so sicheren Boliden auf einer so breiten, sicheren Straße an einer so ungefährlichen Stelle so schrecklich verunglücken kann.

Der postume letzte Weg war kürzer: Aus dem Wappensaal wurde Jörg Haider in den Landhaushof und von dort die hundert Meter durch die Kiki-Kogelnik-Gasse am Landesreisebüro (heute: RUEFA) vorbei zum Neuen Platz getragen, wo die politische Trauerfeier stattfand; von dort dann weiter zum Domplatz und zum Requiem in den Dom, wieder nur hundert Meter südlich vom südöstlichen Eck des Neuen Platzes. Die Klagenfurter Innenstadt ist geometrisch sehr übersichtlich und eben nicht verwinkelt, sondern rechtwinkelig angelegt. Und die Hauptkirche ist nicht die Stadtpfarrkirche St. Egyd, sondern die mit dem zweithöchsten Turm, der Dom, die Bischofskirche, die in ihrem Inneren vor Barock überquillt. Die hohe Geistlichkeit gibt hier aber gerade in der Fastenzeit auch zeitgemäßer klerikaler Installationskunst immer wieder Raum. Temporäre Kunstinstallationen im öffentlichen sakralen Raum, die den eigentlichen Zweck des Gebäudes aber freilich weder behindern noch ausschalten. Ursprünglich war der Dom protestantisch, wurde dann aber Beute der Gegenreformation. Ein- oder zweimal hat man auf diesem Domplatz gegen Ende des zwanzigsten Jahrhunderts im Sommer übrigens den *Jedermann* von Hugo von Hofmannsthal gegeben. Allerdings war man mit der Idee ein wenig spät dran. Eine andere österreichische Stadt hatte mit genau diesem Stück schon etliche Jahrzehnte früher auf einem anderen österreichischen Domplatz eine Festspieltradition begründet, und so brach man die plagiatäre Tradition (wie etliche andere) in der kürzesten Zeit wieder ab. Irgendein anderes Theaterstück fiel aber niemandem ein. Der Klagenfurter *Jedermann* zählt nicht zu den besonders ruhmreichen Kapiteln der Stadt.

Die Dompfarrer wechseln häufig, und jedes Mal, wenn ein neuer ins Amt kommt, wird er von Journalisten stereotyp gefragt, was er dazu sagt, dass auf dem Domplatz genau dem Dom gegenüber die Bar Aphrodite steht. Bisher ist noch keinem die Antwort eingefallen, dass Aphrodite ja selbst eine Göttin ist beziehungsweise war. Der Domplatz als Zentrum der Gläubigkeit, was sonst? Aber spannender als dieses Etablissement finde ich das Haus daneben, den Goldenen Brunnen (den ich aber – anders als die goldene Gans auf der Goldenen Gans – nicht gefunden habe – vielleicht findest ihn du) mit Hotel, Diakonie-Café, Innenhof, Brunnen – aber eben ungolden und nur mit dem Hinweisschild »Kein Trinkwasser«. Vor dem Hoteleingang ein Schaukasten des Kärntner Abwehrkämpferbunds für Retrofreaks mit etlichen seltsamen bis obskuren Exponaten, das schwindelerregendste darunter vielleicht ein – auch nicht mehr ganz neues – Plakat mit der Aufschrift: »Mutter, stimm nicht für Jugoslawien – sonst muss ich für König Peter einrücken!« (Zu ergänzen: Ich würd lieber ein bisserl später für Adolf Hitler einrücken, Mutti!) Zum Glück befinden sich, wie du an den Namensschildern sehen kannst, in diesem Haus Goldener Brunnen auch etliche Kanzleien Kärntner-slowenischer Anwälte – und außerdem das Büro des »Coué Clubs für positive Lebensgestaltung«: Das kann man nicht erfinden! Das muss man gesehen haben! Mach schnell ein Foto von diesem Schaukasten, solang er noch steht! Falls er bis zur nächsten Auflage ausgeräumt ist, werde ich ein wenig recherchieren und den freigewordenen Platz der letzten Zeilen verwenden, um dir das Innenleben der Bar Aphrodite vorzustellen.

Die letzte Station des letzten Weges des sehr verunglückten Landeshauptmanns war die Landesregierung am Arnulfplatz, wiederum kaum hundert Meter südöstlich des Doms: Hierher pilgerten nach Haiders Tod so wie zur Unfallstelle Tausende Menschen, zündeten Tausende Kerzen an und erzeugten ein Kerzenmeer. Ein paar Monate später gab es an derselben Stelle plötzlich noch einmal ein Kerzenmeer. Zwar waren diesmal nur ganz wenige Menschen gekommen, die allerdings mit einem Lastwagen, aus dem sie palettenweise Trauerkerzen luden und en gros anzündeten. Es war am Abend vor den Landtagsgedächtniswahlen: Die Parteimitarbeiter betrieben Trauerfälschung, und wenn es nicht genützt hat, so hat es auf keinen Fall geschadet: So jedenfalls lässt sich das Wahlergebnis interpretieren.

In einem Führer soll nicht allzu viel Politik vorkommen: Gerade so viel musste aber sein, denn weniger wäre Verschweigen gewesen.

Als Klagenfurt im Jahr 2018 sein Fünfhundert-Jahr-Jubiläum beging, sollte der Philosoph Konrad Paul Liessmann beim offiziellen Festakt genau in diesem Wappensaal des Landhauses die große Festrede halten, was er auch tat, allerdings war der Wappensaal da schon halb leer. Denn als einen seiner Vorredner hatte man Josef Winkler eingeladen, ein paar Worte zu sagen, was fast eine Stunde dauerte. Er wiederholte viele

Punkte und Versatzstücke einer bereits vor zehn Jahren gehaltenen Rede, die darin gipfelte, »dass ich eigentlich dafür bin, die Urne des verstorbenen Landeshauptmanns in eine bewachte Gefängniszelle zu verlegen …« Das Publikum bestand zu einem großen Teil aus älteren Honoratioren der Partnerstädte aus Duschanbe, Czernowitz, Gladsaxe, Venlo, Nova Gorica, Rzeszów, Zalaegerszeg, Sibiu, Tarragona, Nazareth-Illit, Laval und Nanning (China), deren Deutschkenntnisse bei Weitem nicht ausreichten, um entscheiden zu können, ob die Rede nun eine kalkulierte Provokation war oder nicht. Sie verstanden in großer Mehrheit überhaupt nicht, was der seltsame Redner da draußen sagte. Aber die Luft war infolge der endlosen Suada schon so abgestanden, verbraucht und schlecht, dass sie es einfach aus gesundheitlichen Gründen nicht bis zum Ende im Wappensaal aushielten.

Der »Hauptredner« begann seine »Hauptrede« dann mit den beiden eindrucksvollen Versprechen, a) beim Thema zu bleiben und b) die Zeit nicht zu überschreiten.

Hätte sich Winkler nicht mit der Urne, sondern mit ihrem Inhalt – zu Lebzeiten – öffentlich auseinandergesetzt, wozu ein Jahrzehnt lang (1999–2008) jede Menge Zeit gewesen wäre: Das wäre noch mutiger – allerdings auch viel riskanter gewesen. Das Honorar für die Rede verhandelte Winkler übrigens mit dem Jubiläumskoordinator, der zu Lebzeiten Haiders niemand Geringerer als dessen Parteichef und mit ihm zum Beispiel bei Gaddafi in Tripolis gewesen ist. Heute hat die politische Konkurrenz ihm einen eigenen hoch dotierten (Versorgungs-) Posten im Rathaus installiert …

Zurück zu dir, mein lieber Gast: Du hast gespeist, du bist im Kino oder im Theater gewesen, und jetzt überlasse ich dich die Nacht über deinem Schicksal. Wenn du nach der Vorstellung noch einen Schlummertrunk zu dir nehmen und den vergangenen Tag vor deinem geistigen Auge Revue passieren lassen willst: Zwischen der Theatergasse und der Herrengasse (Achtung: schwer erziehbare und leicht erregbare Jugendliche!) findest du zahlreiche Lokale und Bars. Bei Drucklegung dieses Führers etwa den Augustin, das Gallo Nero oder – etwas außerhalb – die Hafenstadt. Empfehlen könnte ich dir auch das Kamot in der Bahnhofstraße (in der »Burg«). Wenn du Glück hast, macht der große Jazzer Wolfgang Puschnig eine Jamsession. Vielleicht spielen die einheimischen Blues Breakers mit dem Frontman Dieter Themel gerade *Jersey Girl*, vielleicht singen die Welken Nelken. Fuzzman oder Oliver Welter, das wären, wie schon erwähnt, Erlebnisse! Aber ein gepflegtes Bier bekommst du auf alle Fälle. Wenn du in den Kammerlichtspielen am Kardinalplatz einkehrst, richte bitte dem Rudi und der künstlerischen Leiterin und Schauspielerin Sabine Kranzelbinder einen schönen Gruß von mir aus. Ich habe ein ganz schlechtes Gewissen, dass ich mich so selten blicken lasse. Aber ich sitze ja dauernd am Schreibtisch und arbeite – zum Beispiel an diesem Führer. Dann wird es Zeit, ins Hotel und ins Bett zu kommen. Morgen ist auch noch ein Tag!

2
GO WEST!

Gut geschlafen? Wunderbar! Ich schlage vor, den zweiten Tag deiner Klagenfurt-Erforschung unter das Motto *Go West!* zu stellen. Wir treffen uns nach dem Frühstück auf dem zentralen Neuen Platz – neuerdings Begegnungszone, shared space mit leicht rötlicher Asphaltfahrbahn –, den ich dir gestern bereits vorgestellt habe, und borgen uns als Erstes ein Fahrrad aus.

Hier auf dem Neuen Platz finden verschiedene Märkte statt, ab Mitte November zum Beispiel der immer beliebter werdende Christkindlmarkt, wo man Holzschnitzfiguren und religiösen Kitsch kaufen kann, Krampuskostüme, Schokoladenikolos und Neujahrsschweinchen, Wollhauben, Schals, Handschuhe, Filzpantoffel, Bratwürste und gefüllten Langos, Punsch, Glühmost, Glühwein, Weihrauch und Myrrhe, nur das Gold muss man selber mitbringen und da lassen. Kinder dürfen Schafe streicheln oder Karussell fahren. Vor allem an den Adventwochenenden machen sich ganze Buskolonnen aus dem nahen Italien (aber auch aus Slowenien und Kroatien) auf den Weg nach Klagenfurt. In Italien ist die Weihnachtskrippe wichtiger als der Christbaum, und hier auf dem Christkindlmarkt findet man alles, was das Herz des Krippenfreunds höherschlagen lässt. Es herrscht dichtes Gedränge auf dem Neuen Platz, und wenn man die Augen schließt und sich nur auf seine Ohren verlässt, könnte man ohne Weiteres meinen, man sei gerade in Rom oder Mailand, Neapel, Bologna oder in irgendeiner anderen italienischen Stadt. Um die Weihnachtsstimmung perfekt zu machen, bräuchte man Winterwetter, also Frost, Finsternis, Schnee und Eis. Meistens kann der Dezember damit noch nicht aufwarten, nur mit Regen und Nebel. Daher nageln die Fieranten auf die Dächer ihrer Verkaufsholzhütten weiße Filzmatten, die den Schnee imitieren sollen. Manchmal fällt dann aber auf die weißen Filzmatten noch wirklicher Schnee.

Dass der Christkindlmarkt praktisch nur in der Vorweihnachtszeit stattfindet, ist eine wirtschaftshemmende und tourismusfeindliche Übergangslösung, die man sicher bald ändern wird. Ein paar Jahre noch, dann wird der Klagenfurter Advent Anfang September beginnen und bis Ende Mai dauern. Die Ankunft Gottes kann man ja immer sehnsüchtig erwarten, vor allem wenn man den zeitgenössischen Gott meint, das Geld. Und auf diese Weise werden es sich die Stadtväter und -mütter dann sparen können, ständig Parkgebühren, Wasserkosten und Müllabgaben zu erhöhen.

Nach dem Heiligen Abend verwandelt sich der Christkindlmarkt schon heute in einen Silvestermarkt, vor dem Palmsonntag in den Ostermarkt. Außerdem Biomarkt, Bücherbasar und anderes. Im August findet hier und in der ganzen Altstadt zum Sommerausklang ein zweitägiges Volksfest statt, der Altstadtzauber oder der sogenannte »Tanz um den Lindwurm«. Das Volksfest ist nicht deine Lieblingsveranstaltung? Zugegeben: Meine auch nicht.

Schau lieber da nach Norden: Die Kramergasse – älteste österreichische Fußgängerzone – verbindet den Neuen mit dem Alten Platz. Und gleich rechts möchte ich dich auf die Buchhandlung Heyn hinweisen, nicht weil du hier Bücher aller Art einkaufen könntest – also Kochbücher, Wanderbücher, Krimis und sogar Literatur, nicht weil sie eine der beliebtesten Privatbuchhandlungen der Republik ist – wo käme ich da hin, verwendete ich mein Stadtporträt für Werbung? Der Buchhändler Helmut Zechner hat ja selbst innovative Werbestrategien auf Lager und dafür schon Preise eingeheimst. Testimonials der

Buchhandlung sind zum Beispiel zwei schwarze Katzen, Nala und Nilo, die überall zu finden sind, auf dem Logo, auf den Papiertragetaschen und auch in natura und cultura. Aber eine Buchhandlung ist nun einmal Kulturgut – und ein Kulturveranstaltungsort. Beim Heyn finden zum Beispiel regelmäßig Lesungen (& literarische Dinners – hier kocht der Buchhändler) statt, aber die Buchhandlung ist darüber hinaus ein wohl europaweites Unikum, haben doch direkt in der Buchhandlung einmal ein Schriftsteller und eine Buchhändlerin vor zahlreichen Leserinnen und Lesern geheiratet! Die Buchhändlerin war und ist meine Frau. Der Schriftsteller war und bin ich. Meine Frau ist zwar nicht das offizielle Gesicht des Heyn. Aber da sie im Parterre stationiert ist, strahlt sie dich gleich an, wenn du die Buchhandlung betrittst, und besonders strahlt sie, wenn sie ein Buch von mir verkaufen (und kassieren) darf. Wenn du eine Widmung haben willst, nimmt sie dein Buch in die Mittagspause mit und bringt es nachmittags signiert zurück. Praktisch, was? (Das war jetzt keine Werbung, sondern Eigenwerbung. Die ist erlaubt …)

Gut, dann schwingen wir uns auf den Fahrradsattel und verlassen den Neuen Platz nördlich des Rathauses in westliche Richtung durch die kurze Wiesbadener Straße, benannt nach einer von Klagenfurts Partnerstädten. Links siehst du den Gurker Hof, den Wohnsitz der Domherren, in dessen Parterre die Landhausbuchhandlung untergebracht war. Seit den frühen Siebzigern waren fast alle relevanten Neuerscheinungen heimischer Schriftsteller hier präsentiert worden. Das Gästebuch des Buchhändlers Erwin Brunner las sich wie ein Who's who der österreichischen Literatur der zweiten Hälfte des zwanzigsten Jahrhunderts. Mittlerweile existiert die legendäre Landhausbuchhandlung (wie auch zwei andere Buchhandlungen, die ich in der Erstausgabe genannt habe) nicht mehr. In die frei gewordenen Räumlichkeiten ist die Kärntner Buchhandlung gezogen.

Manch ein Gebäude wird dir vielleicht von unserem gestrigen Rundgang bereits bekannt vorkommen. Rechts zum Beispiel siehst du die Südfront des Landhauses. Der kleine Landhauspark davor sollte in Jörg-Haider-Park umbenannt werden, aber da sich seine Mitstreiter in Stadt und Land nicht längerfristig an der Macht gehalten haben, ist es nicht dazu kommen. Außerdem steht auf diesem Platz nicht das martialische Denkmal aus Blutstein, das ursprünglich geplant war, sondern der freundliche Kiki-Kogelnik-Brunnen *Der Gesang* mit den für die Künstlerin so charakteristischen Scherenschnittmasken, die sie aus allen möglichen Materialien fabriziert hat, in einer Werkstätte in Murano zum Beispiel die glasgeblasenen *Venetian Heads*. Die Einweihung ihres Brunnens erlebte Kiki Kogelnik nicht mehr. Sie starb 1997 knapp vor seiner Fertigstellung. Das hätte auch wirklich nicht gepasst, dass ausgerechnet eine Kogelnik-Skulptur in einem Jörg-Haider-Park steht.

An dieser Stelle ein Wort zur bildenden Kunst: Ich habe ja etliche Galerien erwähnt, aber nur wenige Maler: Das liegt nicht daran, dass es hier keine bildenden Künstler gäbe, gegeben hätte und noch zu entdecken gäbe (zum Beispiel Egon Wucherer, aber auch Anton Zahlbruckner oder Pepo Grabner), aber die bedeutendsten des Landes haben immer auch auf dem Land, also außerhalb der Hauptstadt gelebt: Zu nennen wäre da etwa der expressionistische Nötscher Kreis in der ersten Hälfte des zwanzigsten Jahrhunderts, vor allem Anton Kolig, der großartige Franz Wiegele, Sebastian Isepp, Anton Mahringer, Arnold Clementschitsch, später am Rutarhof im Kärntner Unterland der spätexpressionistische Werner Berg. Auch Kiki

Kogelnik lebte und arbeitete nicht in Klagenfurt, sondern in der kleinen Grenzstadt Bleiburg/Pliberk, wo sie geboren und auch wieder begraben wurde. Sie hatte aber außerdem Ateliers in Wien, London und in New York am Broadway. Sie schulte sich an Andy Warhol und Roy Lichtenstein. Neben dem Kogelnik-Brunnen findet man Exponate der Künstlerin auch im Schloss Ebenau südlich von Klagenfurt in Judith Walkers Galerie.

Nachdem auch Maria Lassnig und Giselbert Hoke im letzten Jahrzehnt seit der Erstausgabe dieses Porträts verstorben sind, wären unter den Lebenden vor allem Giselberts Sohn Thomas Hoke zu nennen, Valentin Oman oder Anton Koligs Enkel Cornelius Kolig: Für sie alle gilt: Kärntner, keine Klagenfurter, die aber doch alle auch in Klagenfurt Spuren hinterlassen haben.

Einen waschechten malenden großen Sohn Klagenfurts will ich – abgesehen von Eduard Manhart und vom City-Arkaden-Opfer Markus Pernhart, den ich ja schon genannt habe – doch erwähnen, damit ich mir nicht nachsagen lassen muss, ich hätte alle übersehen: nämlich Felix Esterl. Der Standort seines Wohnhauses liegt nicht ganz auf unserer heutigen Route, es steht aber auch nicht mehr, und es gibt nichts zu besichtigen.

Die Kreuzung Villacher Ring–Sterneckstraße ist ein Unglücksort: Wo im Oktober 2007 der achtjährige Lorenz Woschitz auf dem Heimweg von der Schule bei grünem Ampellicht auf dem Zebrastreifen von einem abbiegenden Lastkraftwagen überfahren und zu Tode gequetscht worden ist (bei der Gerichtsverhandlung kam zutage, dass niemand schuld war, weder das unschuldige Opfer noch der bedauernswerte Lastkraftwagenfahrer noch der Straßenerhalter – und nicht nur Josef Winkler hat sich dieses Falles publizistisch angenommen), da lebte hundert Jahre vor diesem Unglück in seinem Haus in der Sterneckstraße 1 ebendieser zu seinen Lebzeiten weitgehend unbekannte, nichtsdestotrotz aber bedeutende Maler Felix Esterl, dessen Werke heute in den bedeutendsten österreichischen Sammlungen zu finden sind, in der Wiener Albertina, in der Galerie Belvedere, in der Dichand-Sammlung oder im Leopold Museum. Wie alle großen Jahrhundertwende-Maler malte auch Felix Esterl hauptsächlich sich selbst, seine Frau, Frühstücksstillleben mit weichen Eiern, Obstkörbe und tote Fische.

Einer seiner Brüder stirbt wenige Tage vor seiner Geburt (1894), der andere im Alter von fünfzehn Jahren in Rovinj in Istrien an Tuberkulose. Mit zehn Jahren verliert Esterl seine Mutter, mit zwanzig seinen Vater, der ihm ein beträchtliches Vermögen hinterlässt, sodass er ein paar Jahre in Wien und nach seiner Rückkehr nach Klagenfurt in der Sterneckstraße bis zu seinem Lebensende als Privatier existieren kann. Dieses Lebensende kommt leider auch früher als erwartet, 1931. Esterl stirbt siebenunddreißigjährig an den Folgen eines Blinddarmdurchbruchs im Sanatorium Maria Hilf, das nur wenige Hundert Meter von seinem Haus in Richtung Kreuzbergl entfernt steht und das er noch zu Fuß aufgesucht hat. Zu Lebzeiten war Esterl nur an einer einzigen Ausstellung beteiligt, nämlich an der »Kärntner Kunstschau 1930« im Künstlerhaus Klagenfurt, ebenfalls bloß hundert Meter von seinem Zuhause entfernt, aber in der entgegengesetzten Richtung. Das Esterlhaus wurde bei der Bombardierung Klagenfurts 1944 zerstört.

DAS SANATORIUM MARIA HILF

Das Sanatorium Maria Hilf wurde 1907 von den Kreuzschwestern gegründet, 2011 – auf den letzten Stand der Medizin gebracht – unter der Führung der Humanomed-Gruppe wiedereröffnet – und ich hatte die Ehre, die Eröffnungsrede zu halten. Hier ist sie: Sehr geehrter Herr Landeshauptmann! Sehr geehrter Herr Landeshauptmannstellvertreter! Sehr geehrter Herr Bürgermeister! Sehr geehrte Festgäste! Sehr geehrte liebe Familie Eder!

Im gerade abgelaufenen Jahr habe ich mein literarisches Stadtporträt Klagenfurt veröffentlicht, das Ihnen heute als Giveaway überreicht werden wird. Darin hole ich einen auswärtigen Gast, der zum ersten Mal in seinem Leben nach Klagenfurt kommt, vom Flughafen ab, führe ihn durch die Stadt, gebe ihm eine erste Orientierung und erzähle ihm an Ort und Stelle von Plätzen und Bauwerken, Denkmälern und Menschen, von den großen Söhnen und Töchtern der Stadt, von Künstlern, Wissenschaftlern, Sportlern, aber natürlich auch vom gesellschaftlichen Leben, von den sozialen und infrastrukturellen Errungenschaften der Stadt. Die Privatklinik Maria Hilf ist, wie man weiß, von Wohnungen prominenter Schriftsteller förmlich umzingelt. Am nächsten liegt das Wohnhaus der Gymnasiastin Ingeborg Bachmann in der Henselstraße, kaum einen Steinwurf entfernt. Deswegen erlaube ich mir die kleine Assoziation, dass Literatur und Medizin traditionell viel miteinander zu tun haben, ganz abgesehen davon, dass Ärzte immer wieder Schriftsteller werden, Döblin oder Schnitzler etwa, unter den heutigen zum Beispiel Paulus Hochgatterer. Aber denken Sie bloß an den großen Zauberbergroman von Thomas Mann, der im Sanatorium spielt, aber ein ganzes Zeitalter untersucht – und operiert. Literatur beschreibt fast immer Krankheiten und Verletzungen, wenn nicht im eigentlichen, dann im übertragenen Sinn. Sie leistet für die

Gesellschaft das, was die Medizin für den einzelnen Menschen leistet: Diagnose. Bei der Therapie braucht sie auch ein wenig Glück. Wie die Medizin.

Der allererste Primarius, der schon während des Umbaus hier gewirkt hat, war ein eigens engagierter »Baumchirurg«, der einen gefährdeten alten Magnolienbaum vor dem Haus mitsamt dem Wurzelwerk und seinem Erdreich – insgesamt sieben Tonnen! – ausgegraben, übersiedelt und an seinem neuen Klinikgartenstandort wieder in die Erde gelassen hat – sinnfälliges Symbol, dass man hier um jedes Leben bemüht ist (und dass auch tatsächlich viele zu retten sind, wenn man großräumig ausschneiden kann ...).

Stehen geblieben ist auch die denkmalgeschützte Klinikkapelle von Clemens Holzmeister, die er knapp vor seinem Tod geschaffen hat. Besonders schön sieht man sie vom neuen Unterwassertherapieraum aus – ein eigenes Wunderwerk der Technik. Apropos Aussicht: Wenn ein Pilot – Pardon: Patient – in seinem Krankenbett, mittlerweile eine Art Hightech-Indoorfahrzeug mit integralem Medienzentrum, wenn er also im Genesungscockpit liegt, den eingebauten Overhead-Internet-TV-Flatscreen, wo er nicht nur kabelfernsehen – sei es die *Schwarzwaldklinik*, die *Klinik unter Palmen*, den *Bergdoktor* oder den *Arzt vom Wörthersee* –, sondern theoretisch auch die Aufzeichnung seiner eigenen Operation anschauen könnte; wenn er diesen Bettbildschirm zur Seite schiebt und zum Fenster, das heißt zur Panoramaglaswand hinausschaut, wird er, wenn schon nicht den *Zauberberg* von Thomas Mann, so auf das Zauberbergl von Winkler und Widner, Bachmann und mir schauen, auf das Kreuzbergl, die Kreuzberglkirche, die Kreuzberglidylle und die drei Wege zum See. Und auf dem Weg der Besserung wird er vielleicht manchmal denken, dass er hier in der Klinik unter Magnolien gar nicht in einem Krankenhaus liegt, sondern in einem Grandhotel logiert.

Exkurs Ende. Wir sind noch immer im Stadtzentrum. Du überquerst jetzt die Doktor-Herrmann-Gasse, die den Landhaus-Kogelnik-Haider-Park vom städtischen Busbahnhof, dem Heiligengeistplatz trennt – benannt nach Dr. Emanuel Alexander Herrmann (1839–1902), einem gebürtigen Klagenfurter Nationalökonomen. Der hohe Ministerialbeamte und Professor für Nationalökonomie an der Wiener Technischen Hochschule gilt als Erfinder der Post- oder Correspondenzkarte. Am 26. Jänner 1869 machte er in der *Neuen Freien Presse* diesen Vorschlag, den die k. u k. österreichisch-ungarische Postverwaltung schnell aufgriff. Schon ab Oktober desselben Jahres war die »Correspondenzkarte« im Postverkehr zugelassen. Von Österreich aus verbreitete sich diese Erfindung rasch über die ganze Welt. Das billige und praktische Verständigungsmittel, Vorläufer der Ansichtskarte, war also streng genommen eine Klagenfurter Erfindung, und deswegen rufen wir an dieser Stelle laut und deutlich aus: Hier ist es schön! Aus diesem Grund siehst du, wenn du die Doktor-Herrmann-Gasse überquerend nach links, nach Süden blickst, das nur wenige Schritte entfernte ehemalige Hauptpostamt, das nach zahlreichen Umbauten, Renovierungen, Modernisierungen und Adaptierungen jetzt aber nur noch die kleine Filiale einer verloren gegangenen Zentrale ist. Anders als Emanuel Alexander Herrmann ist Bill Gates kein Klagenfurter. Nichts ist für die Ewigkeit, nicht einmal die Telekom.

Schön ist hier am Heiligengeistplatz auch das Jugendstilgebäude mit den vielen Kaminen und Türmchen, das burgartige Stauderhaus, das 1907 vom Wörtherseearchitekten Franz Baumgartner errichtet wurde. Seinen Namen trägt es nach der wohltätigen Wirtin Maria Stauder. Hier stand einst ihr Gasthaus Zum Goldenen Hirschen als zweigeschoßiger Bau. Als die »Stauderin«, wie sie auch genannt wurde, 1861 starb, vermachte sie der Stadt sechzigtausend Gulden für notleidende Bürger.

Damit wurde das nach ihr benannte Haus errichtet, das achtundzwanzig Wohnungen enthielt. Heute beherbergt es neben Büros der städtischen Verkehrsbetriebe und dem Wärmeraum für Buschauffeure außerdem eine Paninothek zur Stauderin. Fragte man die Stauderin, was eine Paninothek ist, würde sie wohl bestenfalls mit den Schultern zucken. Lieber ginge sie wahrscheinlich in das kleine Café Perstinger daneben, das im letzten Drittel des zwanzigsten Jahrhunderts ein Treffpunkt einheimischer Literaten (und Möchtegernliteraten) war. An Walther Nowotny, den Aphoristiker und ehemaligen Präsidenten des Kärntner Schriftstellerverbands, erinnerten dort eine Gipsbüste über der Theke und eine kleine Messingtafel an seinem Stammplatz.

Update Logbuch 2020: Den letzten Pächterwechsel samt Renovierung haben weder die Gipsbüste noch die Gedenktafel überstanden! Wo kein Denkmalschutz, da auch kein Gedenktafelschutz! Nicht nur das Leben, auch das Totsein eines Kärntner Schriftstellerverbandspräsidenten ist leidensreich.

An dieser Stelle ist es höchste Zeit, einmal ganz laut und deutlich Danke zu sagen: Danke, lieber Franz Baumgartner, für das Stauderhaus, dieses Märchenschloss am Eingang der Altstadt Klagenfurts mit seinen Türmchen und Erkern, das ich jeden Tag sehe und passiere, wenn ich meine Frau zur Arbeit begleite. Vielen Dank für das Gutenberghaus dahinter mit seinen Loggien und seiner gesamten eindrucksvollen Fassade! Danke für das Künstlerhaus! Vielen, vielen Dank für die prächtige Albatros-Villa, die ich ebenfalls jeden Nachmittag sehe, wenn ich in mein Büro radle. Dazu später mehr.

Vielen Dank auch für das Hotel Carinthia und die Villa Kointsch, die mir bei jedem Sonntagsspaziergang durch Velden das Herz aufgehen lassen. Danke für das Werzer-Kino in Pörtschach (das seit 2010 offiziell Villi-Kino heißt), für die zahllosen Villen, ob Almrausch oder Edelweiß oder Gessenharter. Herzlichen Dank schließlich für das Grand Hotel Toplice am Bleder See, an dem ich wenigstens ein- bis zweimal pro Jahr vorbeispaziere, wenn ich meine slowenischen Verwandten besuche. Die Kombination von deutscher Renaissance und englischer Landhausarchiktektur, Jugendstil und Regionalromantik: Das ist ganz großes architektonisches Vokabular! Ihre Baukunst, lieber Herr Baumgartner, bereichert mein optisches Leben Tag für Tag, und ohne Sie wäre die Architektur in Kärnten zum Heulen.

Mit ein paar Pedaltritten verlässt du den Heiligengeistplatz in seiner südwestlichen Ecke, wo er in den Stauderplatz mündet, der von einer dreieckigen, blumenbeetartigen Verkehrsinsel beherrscht wird, in deren Mitte der splitternackte, wenn auch bronzene Jüngling vom Magdalensberg steht, die Kopie eines Originalabgusses der Originalkopie, die in der Ausgrabungsstätte am Magdalensberg gefunden wurde, deren Originalkopie im (geschlossenen) Landesmuseum steht, deren Originaloriginalkopie im Kunsthistorischen Museum in Wien steht, deren Originaloriginaloriginalkopie kein Lebender mehr kennt. Ist ja auch wurscht. Schauen alle ganz gleich aus. Entscheidend ist bloß zu wissen, dass eine Viertelstunde nördlich von Klagenfurt dieser Magdalensberg aus dem Zollfeld ragt, auf dessen Gipfel es vor allem in den Wintermonaten Tausende und Abertausende, wenn nicht die gesamte Stadtbevölkerung magnetisch zieht. Denn während im Becken der Stadt infolge sogenannter Inversionswetterlage dichter Nebel liegt, scheint dort oben eine milde Sonne am wolkenlosen, tiefblauen Winterhimmel. Da lässt man seinen Panoramablick schweifen und sieht von Felsenwand zu Felsenwand das ganze Land in einem weißen Meer versunken. Man darf nur keinen bürgerlichen

Beruf, sondern muss Zeit haben. Hier an diesem alten Handelsweg von Norden nach Süden hatten die Römer eine erste Siedlung gebaut, die gar nicht kleine Stadt Virunum. Auch ein großes Amphitheater ist im Begriff, freigelegt zu werden. Über die Friedhöfe von damals wurden entlang der Schnellstraße die Autohäuser von heute gebaut.

Vis-à-vis knurrt den bronzenen Jüngling ein steinerner Löwe an: Hier hockt er und darf den Platz nicht verlassen, weil er das Villacher Tor bewachen muss, eines der Tore der Stadtmauer, die es freilich ebenso wie den Stadtgraben längst nicht mehr – oder nur noch sehr rudimentär gibt.

Der Stauderplatz mündet in die Villacher Straße, wo sich in den letzten Jahren ein kleines Szeneviertel zu entwickeln beginnt. Nach der Kreuzung mit dem Villacher Ring (da, wo das Rothauer Hochhaus steht) ist das erste bemerkenswerte Häuschen linker Hand die Weinstube Bartholomäus Scanzoni mit den Wandfresken von Switbert Lobisser, die zufriedene Kärntner Landsleute in Trachten darstellen, die Weintrauben ernten und Wein trinken, und das in einem Land, in dem nicht viel Weinbau betrieben wird, aber in einer Stadt, die seit ein paar Jahren immerhin eine Merlot-Rebe an einem kleinen Südhang des Kreuzbergls pflegt. Bartholomäus Scanzoni gibt es längst nicht mehr. Sein Schriftzug und die Fresken an der Hauswand sind geblieben, die Pächter haben oft gewechselt.

Rechter Hand geht es jugendlich zu: Zuerst Das Wohnzimmer, dann die eben eröffnete Hafenstadt, die mehr als eine Bar und ein Café, nämlich ein spannendes Gesamtkulturprojekt ist. Auf der Fassade steht in dicken Lettern »AUFBRUCH«, und frühstücken kann man dort bis drei Uhr nachmittags, das ist schon einmal ein gutes Zeichen. Wenn du ein Nachmittagsfrühstück zu dir nimmst, richte der Nini und der Cathi einen schönen Gruß von mir aus!

Schaust du in der Hafenstadt beim Fenster auf die Villacher Straße hinaus, siehst du schräg gegenüber an der Ecke zur Sponheimerstraße das Spanheimerhaus. (Ein weiterer eindrucksvoller Beleg für die kreative Rechtschreibung im Klagenfurter Ortsbild.) Nicht weniger eindrucksvoll ist freilich der meterhohe, auf die Fassade des Spanheimerhauses gemalte Ritter: Da hast du ihn also wieder, den legendären Gründer der Stadt, Herzog Bernhard von Spanheim, den Langhaarigen vom Dr.-Arthur-Lemisch-Platz, diesmal aber hoch zu Ross in voller Montur und Rüstung inklusive Stahlhelm mit heruntergelassenem Vollvisier. Er ist der allerallerletzte Ritter, noch allerletzter als der ohnehin schon ziemlich allerletzte und um Jahrhunderte zu spät gekommene Don Quijote: Denn das Spanheimerhaus ist ein schmuckloser Bau aus den Fünfzigern des zwanzigsten Jahrhunderts, als auf Neubauten eigentlich kein Platz für alte Ritter mehr war.

Bögest du beim Spanheimerhaus in die Sponheimerstraße ein, gelangtest du nach ein paar Hundert Metern zum Landesstudio des Österreichischen Rundfunks, zu dem auch ein Park mit hübschem hölzernem Rondeau und das kleine ORF-Theater gehören, in dem seit seiner Übersiedlung aus dem Stadthaus das Wettlesen um den Ingeborg-Bachmann-Preis stattfindet. Der Bachmannpreis ist in erster Linie eine Fernsehveranstaltung; er steht und fällt mit dem Sender 3sat, und daher war es naheliegend, das Wettlesen gleich dort stattfinden zu lassen, wo die entsprechende Technik von Haus aus vorhanden ist.

Gert Jonke ist übrigens nach dreiundvierzig Jahren seines Bestehens noch immer der einzige Klagenfurter, aber nicht mehr der einzige Kärntner, dem es gelungen ist, den Bachmannpreis zu gewinnen. (Hier hätte ich im Zeitalter hysterischer politischer Correctness natürlich gendern müssen. Aber an diesem Beispiel zeigt sich wie an vielen anderen das grammatisch-semantische Elend des Genderwesens. Hätte ich schreiben sollen: »Jonke ist nicht mehr die einzige Kärntnerin«? Er war nie eine …) Im Jahr 2011 gewann Maja Haderlap, geboren in Eisenkappel (Železna Kapla), die Lyrikerin und bis kurz zuvor Dramaturgin am Stadttheater unter Dietmar Pflegerl gewesen war, aber bis dahin noch keine Prosapublikation vorzuweisen hatte, knapp fünfzigjährig den Bachmannpreis mit einem Auszug aus ihrem ersten und einzigen Roman *Engel des Vergessens.*[22] Im darauffolgenden Jahrzehnt folgte leider keine neue Prosapublikation mehr, dafür jede Menge Preise, nicht nur Literaturpreise. Josef Winkler, Alois Hotschnig, Lydia Mischkulnig, Daniel Wisser, Anna Baar, Peter Truschner dagegen haben es versucht, aber bloß Nebenpreise erhalten oder sind leer ausgegangen. Ein Stipendium hat auch einmal Arnulf Ploder erhalten, der es aber nie in eine Publikation umgemünzt hat. Andere österreichische (und Kärntner) Schriftsteller haben eine Teilnahme stets standhaft verweigert: von Peter Handke einmal ganz abgesehen etwa Antonio Fian, Werner Kofler, Alexander Widner und übrigens auch ich. (Das war zum Glück nicht besonders schwer. Man hat mich nie gedrängt teilzunehmen, und ich habe mich niemals beworben. Aber Zaungast war ich viele Jahre und habe für verschiedene Medien meinen Senf zum Geschehen, ein halbes Jahrzehnt lang – fünfsprachig! – sogar für den Veranstalter selbst, für das ORF-Landesstudio, abgegeben. In einem Medium ist man bekanntlich so lange hochgeschätzt und willkommen wie der Chef-Intendant-Redakteur im Amt ist, der einen ge- und erfunden hat; weil Majas Sieg und mein Engagement zeitlich zusammenfielen, kann ich nicht umhin, meine Beschreibung dieses mittlerweile historischen Ereignisses als Bonus-Track aufzunehmen.)

BACHMANNPREIS 2011

Ein Sommermärchen. Hier meldet sich der »Edi Finger der Literatur«, wie mich Doris Moser unlängst scherzhaft und ehrenhalber genannt hat, also Egyd Gstättner. Ich darf Ihnen in den kommenden Tagen wieder meine persönlichen Eindrücke vom

22 Maja Haderlap: Engel des Vergessens. Wallstein, Göttingen 2011.

Bachmannpreis vermitteln. Selten hat bei einer Eröffnungsfeier eine solche Abschiedsstimmung geherrscht wie gestern Abend. Landesdirektor Willy Haslitzer sagte in seiner Rede, es könne vielleicht sein letzter Bachmannpreis und Artmann das letzte Buch sein, das er Michaela Monschein schenkt, denn sein Vertrag ende am 31.12.11. Moderatorin Clarissa Stadler sagte, ihr Vertrag ende auch am 31.12. und ORF-Chefkulturphilosoph Wolfgang Lorenz sagte, sein Vertrag ende ebenfalls am 31.12. Mein Vertrag endet sogar schon am 10.7., am Sonntag. Wir stehen also vor dem Untergang. Dann gehen vielleicht alle in Pension, nur ich schwimmen.

Ein bisserl war die Stimmung wie im Roman *Radetzkymarsch* von Joseph Roth an irgendeinem Außenposten der Monarchie am Vorabend ihres Zusammenbruchs. Nur der Kulturstadtrat betonte, dass am Rathaus heuer ein Plakat hängt. Etwas Hoffnung besteht also noch. Nach etlichen Jahren tritt heuer wieder eine Landsfrau im Bewerb an – Maja Haderlap: Als Prosaautorin bisher unbekannt, als Lyrikerin eine zwar leise, aber schöne und bedeutende Stimme unseres Landes. Als ich gestern Abend mit ihr plauderte, fiel mir ganz plötzlich ein, dass die Namensstifterin dieses Preises zu ihren Lebzeiten als Lyrikern anerkannt, als Prosaschriftstellerin dagegen umstritten und verkannt war. Maja erzählte mir, die letzte Zeit sei sehr belastend gewesen, sie habe schon schlaflose Nächte gehabt.

Urs Widmer sprach in der gestrigen Eröffnungsrede von der »Angst vor Kränkungen«, der man hier zwangsläufig ausgesetzt ist. Wir alle lassen uns nicht gern kritisieren, schon gar nicht vor anderen oder gar öffentlich – selbst wenn die Kritik berechtigt und fair sein sollte und einen/eine anstachelt und weiterbringt. Literatur, die oft von Kränkungen und Verletzungen handelt, sollte nicht dazu führen, sich neuen Kränkungen, neuen Verletzungen, neuen Ängsten auszusetzen. Aber das ist der Preis. Ingeborg Bachmann sagte bekanntlich: »Man stirbt an dem, was mit einem angerichtet wird.« Man muss einen Panzer um sich bauen. Aber je sensibler, je empfindsamer, je feinfühliger ein Mensch, ein Künstler, ein Schöpfer, desto problematischer wird der Panzerbau. Morgen ist Majas Tag, der ich in alter Theatermanier gerade eben noch einmal über die linke Schulter gespuckt habe. Ich wünsche ihr von Herzen, dass sie nicht gekränkt, nicht verletzt wird und dass auch nach dem 10. Juli und nach dem 31. Dezember von ihr die Rede sein wird. (…)

Wenn einem während der Tage der deutschsprachigen Literatur im Café oder im ORF-Garten ein jüngerer österreichischer Schriftsteller über den Weg läuft, der hier keine bestimmte Funktion hat, kann man davon ausgehen, dass er Großes vorhat und vorerst einmal die Jury studiert beziehungsweise ausspioniert.

Letztes Jahr habe ich im Garten Daniel Wisser getroffen, den ich schon lange kenne, weil wir vor Jahren eine gemeinsame Lesung irgendwo in der Steiermark hatten, und ich erinnere mich an seinen damaligen genialen Satz: I Kafka Brod. Jedenfalls habe ich mich nicht gewundert, ihn heuer als Teilnehmer des Bachmannpreises wiederzusehen. Seine letztjährigen Studien haben zur Einsicht geführt: Du musst die Jury füttern! Du musst ihr etwas zu mahlen, zu knabbern geben. Daniel hat sich entschieden, einen ganzen Text fast durchgehend im Passiv zu schreiben: Damit war die Jury eine halbe Stunde lang mit Diskussionsstoff versorgt: darüber, dass der Autor ganz bewusst mit der Sprache arbeitet, ob das Passiv die Passivität der Erzählfigur widerspiegelt, ob das eine dem anderen angemessen ist, ob Zwangsneurotiker im Passiv reden et cetera.

Dann findet der gebildete Juror auch noch Anklänge an Genazino, Houellebecq und die Sache ist im Großen und Ganzen gerettet. Thomas Glavinic hat in einem frühen Roman *(Wie man leben soll)* fast vierhundert Seiten lang das unpersönliche »man«

durchgehalten – und der Roman hat funktioniert. Die fünfzehn Seiten Passiv waren aber doch eher mühsam. Man nennt sie: Bachmannpreisliteratur. Der Unterschied zwischen Bachmannpreisliteratur und Literatur ist, dass Literatur nicht für Bachmannpreisjuroren geschrieben wird. Sieben Leser würden sich auch für den höchstsubventionierten Verlag rein wirtschaftlich nicht rechnen. (...)

Der Bachmannpreis ist heuer fünfunddreißig Jahre alt. In einer so langen Zeit sammeln sich viele, viele Geschichten an, und der Preis ist auch selbst schon Teil von Geschichten geworden.

Zum Beispiel kommt er im letzten Teil von Thomas Pluchs Filmepos *Das Dorf an der Grenze* vor: Da möchte eine Kärntner-slowenische Autorin antreten, die hauptberuflich als Lehrerin arbeitet. Sie wurde für einen Vormittagstermin gelost, bekommt aber von ihrem Direktor – aufgrund politischen Drucks von ganz oben – nicht frei und darf also am Bachmannpreis nicht teilnehmen: Eine mögliche große Karriere bleibt ihr verwehrt.

Wie würde sich Thomas Pluch, vor fast zwanzig Jahren verstorben, freuen, könnte er den heutigen Tag erleben: Denn Maja Haderlap konnte beim Bachmannpreis ohne Probleme antreten, sie hat sich wunderbar geschlagen, ein schönes Stück Literatur vorgelegt, das ruhig, unaufgeregt und unspektakulär Leben in den Wäldern an der Grenze zwischen Österreich und Slowenien auf mehreren zeitlichen Ebenen beschreibt, in Rückblenden erzählt der Vater der Tochter vom Krieg und vom Partisanenkampf. Maja ist von der Jury größtenteils auch hervorragend rezensiert worden, nur die deutschen Jurymitglieder hatten auch die eine oder andere Kleinigkeit einzuwenden. Für heute: Gratuliere herzlich, Maja! (...)

Angesprochen hat mich gestern ein ganz besonderer junger Mann: Er sei der Tex Rubinowitz und lade mich ein: Er lege abends im Lendhafen auf. Bisher kannte ich nur die *Skyline* von

Tex Rubinowitz, jetzt auch Tex Rubinowitz ohne Skyline, dafür vor dem Elisabethsteg, wie er auf einem alten Plattenspieler, der aber an einen Laptop angeschlossen ist, Musik auflegt. Dort, wo untertags ein 3sat-Public-Viewing möglich ist, gibt es abends ein Public Meeting, Greeting, Drinking, Talking.

Es war ein sehr netter Abend. Ich habe Daniel Wisser getroffen und lange mit ihm geplaudert – auch über seine Chancen. Er war mit seinem aufsehenerregenden Passiv-Text doch ganz gut besprochen worden, haderte aber mit dem Donnerstagtermin. Der Donnerstag werde generell unterbewertet, meinte er: Eine der ungeschriebenen Gesetzmäßigkeiten des Bewerbs.

(Anmerkung 2020: Daniel Wisser hat Pech gehabt und nicht(s) gewonnen. Aber Maja Haderlaps Nachfolger wurde ein paar Jahre später – na wer? Genau, der DJ Tex Rubinowitz.)

In Kärnten hat heute ein Sommermärchen stattgefunden: Fünfunddreißig Jahre nach Gert Jonke kommt der Bachmannpreisträger, das heißt die Bachmannpreisträgerin wieder aus Kärnten: Maja Haderlap. Ich habe bei meinen heurigen Kommentaren von Anfang an immer wieder auf sie Bezug genommen und freue mich jetzt ganz besonders für sie: Das Erste, was Maja mir am Freitag gleich nach ihrem Auftritt sehr erleichtert gesagt hatte, war: »Ich habe es überlebt!« Schön gesagt. Ich möchte aber noch einen Satz dazu sagen, warum ich mich – abgesehen davon, dass ich Maja lange kenne und sie zufällig eine Landsfrau ist, aus rein literarischen Erwägungen freue: Was sie gelesen hat, ist eine Literatur, die nicht um jeden Preis innovativ oder hermetisch sein will, die poetisch weder die Neuerfindung des Rades noch die Quadratur des Kreises beabsichtigt, keine postmodernen Literaturtheorien bedient und nicht auf den Bewerb oder gar die Jury hingeschrieben ist. Die einzige Theorie, die der Text beherzigt, lautet: Gut gefunden ist besser als nicht so gut erfunden. Ich freue mich für Maja, weil das eine Prosa ist, die Bestand hat, die man in zehn oder zwanzig Jahren noch ganz genauso lesen kann. Abschließend noch einmal: Herzliche Gratulation!

Vielen Aspiranten hat die Teilnahme für ihre Karriere genützt, vielen anderen hat sie nicht genützt. Manche Karriere hat sie sogar auf einen Schlag beendet.

So oder so sind die Tage der deutschsprachigen Literatur – so die offizielle Bezeichnung – ein Betriebsausflug des literarischen Marktes Deutschlands mit geringer österreichischer und noch geringerer Schweizer Beteiligung. Die absolute Mehrheit der Sieger sind Deutsche. Die absolute Mehrheit der Autoren sind Deutsche. Die Mehrheit der Kritiker, Journalisten, Agenten, Lektoren und Juroren sind Deutsche. Die siebenköpfige Jury besteht aus drei Deutschen, zwei Österreichern, zwei Schweizern. Maja Haderlap war die erste Bachmannpreissiegern der Geschichte, die in der Finalabstimmung (gegen *9 to 5 Hardcore* von Thomas Klupp) trotz null deutscher Jurystimmen (man kennt das vom Song Contest!) dank der einmaligen österreichschweizerischen Literaturkoalition 4:3 gewonnen hat, aber egal: Es war ein wunderbarer Text. Der Text von Thomas Klupp, ganz anders, aber ebenfalls wunderbar. Thomas Klupp kennt hier niemand.

In der Minderheit ist selbst das Kärntner Publikum: Man erkennt es an den Schnapskarten, die im Biergartenzelt vor dem Theater (mit Großbildschirm) verteilt werden. Da sitzen die Schulklassen auf Exkursion, die auch mitten in der Lesung geschlossen aufstehen und gehen, wenn es ein Uhr Mittag ist: Es hat geläutet! In der absoluten Mehrheit sind nur die Klagenfurter Hoteliers, die den Bachmannpreis ungemein schätzen, auch wenn sie im Übrigen mit Literatur, literarischen Strömungen und Trends, narrativen Brüchen, Handlungsverzichten, Metaebenen, Subtexten und Ähnlichem gar nichts am Hut haben und jeder nur denkbaren Form von Prosa prosaisch gegenüberstehen.

Für Skandale und öffentliche Erregungen hat der Bachmannpreis von Anfang an eine perfekte Bühne geboten: Ein Autor schnitt sich während des Lesens vor laufender Kamera eine klaffende Wunde in die Stirn, sodass sein Blut auf das Manuskript tropfte, ein anderer verspeiste nach der Lesung sein Manuskript. 1991 entzweite der Schweizer Urs Allemann mit seinem radikalen Text *Babyficker* zunächst die Jury und dann monatelang das ganze deutschsprachige Feuilleton und die Kärntner Landespolitik. Seit ein paar Jahren wird das Wettlesen mit einer Rede eröffnet. Josef Winkler nutzte 2009 die Gunst der Stunde und des Podiums, um auf Versäumnisse der heimischen Kulturpolitik ebenso hinzuweisen wie auf das ungeheuerliche Honorar eines Villacher Steuerberaters beim Verkauf der Landesbank. Für Literaturfreaks: Die bisher umfassendste und kompetenteste Darstellung des Bachmannpreises von seinen Ursprüngen weg stammt von der Germanistin Doris Moser, die das Spektakel selbst ein halbes Jahrzehnt gemanagt hat und mittlerweile Dozentin an der hiesigen Universität ist.

Besuchst du, mein lieber Gast, Klagenfurt zufällig zur Bachmannpreiszeit Ende Juni/Anfang Juli, wirst du in der Altstadt überall Stoff-Klapp-Sonnenstühle aufgestellt finden, auf denen du Bachmann-Zitate lesen kannst, zum Beispiel »Nichts Schöneres unter der Sonne, als unter der Sonne zu sein«. Nach dem Satz hat man sehr lange gestöbert! Außerdem hängen zu dieser Zeit über den Straßen, Gassen, Plätzen der Altstadt für ein paar Tage Fahnen mit Zitaten von Dichtern, die etwas mit Klagenfurt oder dem Bachmannpreis zu tun haben. So ist das in einer temporären Literatur(haupt)stadt.

Bevor wir uns dem Lendhafen zuwenden, möchte ich dich auf Danielas klitzekleine, feine Buchhandlung LendBuch im Spanheimerhaus-Arkadengang mit täglich wechselndem Schaufenster – Kleinkunstwerke für sich! – hinweisen, die auch mit vielen, vielen antiquarischen Schätzen aufwarten kann. Stöbere! Du wirst es nicht bereuen! Danielas Liebe ist größer als ihr Gewinn, deshalb verbringt sie sicherheitshalber auch ihren Urlaub in der Buchhandlung. Die Sylvia Beach vom Wörthersee! Nur während der »Tage der deutschsprachigen Literatur« hat sie, obwohl um die Ecke, geschlossen. Das Literatur-Fachpublikum, das ist nämlich die schlechteste Buchkundschaft.

LENDHAFEN UND LENDKANAL

Du biegst aber beim Spanheimerhaus nicht in die Sponheimerstraße ein, sondern bleibst auf der Villacher Straße und trinkst lieber eine schnelle Melange im Lendhafencafé auf der anderen Straßenseite, meine zweite innerstädtische Lieblingshafenkneipe. Wärmstens empfehlen kann ich dir den schmucken winzigen Gastgarten im Innenhof in der warmen Jahreszeit. Wie aus einem Spitzweg-Gemälde! Aber durch die Panoramafenster hast du auch einen schönen Blick hinaus auf den Lendhafen. Schau hinaus! Siehst du auch, was ich sehe?

Am 4. September 1856 besuchte das österreichische Kaiserpaar Klagenfurt. Herrschaftszeiten, das waren noch Zeiten! Kaiser Franz Joseph und Kaiserin Elisabeth waren damals noch ganz jung und ganz schön, er sechsundzwanzig, sie neunzehn Jahre alt. Die Klagenfurter wollten dem Promipaar eine Freude machen und ließen in den beiden Jahren zuvor von Domenico Venchiarutti eine Brücke über den Lendhafen bauen, die in Anwesenheit des Paares der Benützung übergeben werden und zu Ehren der Kaiserin *Elisabethsteg* heißen sollte. »Super, die Sisi bekommt eine Brücke!«, dachte Franz, der am einen Ende der Brücke auf der Villacher Straße stand. »Allerdings ist die Brücke ein bisserl kurz und ein bisserl hoch und besonders sicher schaut sie auch nicht aus!«, dachte Sisi. »Ich bin ja nicht schwindelfrei.«

»Sisi!«, rief der Franz am einen Ende.

»Franz!«, rief die Sisi am anderen Ende.

»Sisi!«, rief der Franz und breitete die Arme aus.

»Franz!«, rief die Sisi und breitete die Arme aus.

»Sisi, komm rüber!«, rief der Franz.

»Ich trau mich nicht!«, rief die Sisi. »Die Brücke schaut so wacklig aus.«

»Na komm!«, rief der Franz. »Wird schon nix passieren. Die Klagenfurter haben ganz ausgezeichnete Statiker!«

»Ich komm nur rüber, wenn du mir in der Kvarner Bucht von Volosko bis Lovran einen Lungomare aus dem Küstenfelsen hauen lässt!«, sagte die Sisi.

»Okay!«, sagte der Franz.

So überquerte Elisabeth die Elisabethbrücke wie eine Trapezkünstlerin und überlebte ihr Abenteuer. Nachdenklich schloss der Franz sein tapferes Mädchen am anderen Ende der Elisabethbrücke in die Arme: »Eigentlich gemein, dass sie eine Brücke kriegt und ich nix!«, dachte er. »Wer ist denn hier der Kaiser?« Also bauten die Klagenfurter Kaiser Franz Joseph zusätzlich noch sein Schweizerhaus auf dem Kreuzbergl. »Sehr schön!«, sagte der Kaiser, »Passt!«, und fuhr wieder zurück nach Wien. Oder nach Ischl in die Kaiservilla. Bis zu seiner Wiederkehr wird das Klagenfurter Schweizerhaus als Restaurant genützt, von dem aus man auch eine hervorragende Aussicht auf die ganze Stadt hat.

Schon Jahrhunderte früher, nämlich in den Jahren bis 1527, bauten die Klagenfurter den Lendhafen, dessen Umfassungsmauern aus Pörtschacher Marmor bestehen, und hoben den Lendkanal aus, eine vier Kilometer lange Wasserstraße, die den Wörthersee mit dem Stadtzentrum verbindet. Sie speiste nicht nur den damaligen Stadtgraben mit Wasser, sondern diente auch dazu, Holz und andere Waren in die Stadt zu bringen: Fischer etwa transportierten ihren Fang aus dem Wörthersee auf diesem Weg zum Marktplatz.

Im Winter war der Lendkanal früher, wie alte Fotografien belegen, ein Paradies für Schlittschuhläufer, denn das fast stehende Gewässer setzte früh, meistens schon im Dezember eine Eisschicht an und verwandelte sich in eine einzigartige Natureisbahn mitten in der Stadt, auf der dahinzugleiten besonders in der Nacht äußerst romantisch war, wenn nur das fahle Licht der Straßenlaternen in den Kanal heruntersickerte. Im Hafen warteten Stände mit heißem Tee mit Rum oder Glühmost auf die ermüdeten Freizeitsportler. Little Alpenamsterdam! Heute ist dieses wunderbare Vergnügen nur noch selten und eingeschränkt möglich: Die Winter werden wärmer, Abflusskanäle münden in den Kanal, sodass meistens nur noch Abschnitte der Lend zufrieren. Besonders unter den Brücken ist das Eis tückisch. Die Stadtverwaltung pflegt das Eis zu selten und zu spät (und wenn sie es doch einmal tut, geht die halbe Zeit für das wählerstimmenheischende Plakatieren der Arbeit drauf). Vandalen tun ihr Übriges, indem sie vom Nord- oder Südufer allen möglichen Unrat auf das junge Eis werfen, der dort sofort festfriert. Im Sommer hingegen wurden hier im Hafen (be-)rauschende Feste gefeiert, Venezianische Nächte, Arabische Nächte, auch ein Blumencorso, der am Wasserweg in die Stadt hinein führte. (Alte Plakate im Eingangsbereich des Lendhafencafés zeugen noch von diesen Lustbarkeiten.)

Gert Jonke absolvierte später auf einem Kahn die »Wiederholung eines Festes« mit seiner Halbschwester, dem Präsidenten des Kunstvereins und anderen. Und er schrieb ein Gedicht mit dem Titel *Lendkanal*. Das geht so:

Lendkanal

Der Kanal
Die Böschung
Das Gras auf der Böschung
Die Spiegelung der Böschung im Kanal

Und die Spiegelung des Grases auf der Böschung im Kanal
Die 3-fache Bewegung des Grases:
1.) Die Bewegung des Grases im Wind
2.) Die Spiegelung dieser Bewegung des Grases im Wasser
Und 3.) Die Bewegung der Spiegelung dieser
Bewegung des Grases auf den Wellen
Hinterm vorübergleitenden Motorboot

Der Mann hinterm Lenkrad schaut aus wie ein berühmter
Kapitän
Er nimmt sich den Mützenteller vom Kopf
Und winkt zurück.[23]

Nördlich des Hafens, oberhalb der Anlegestelle, am Martin-Luther-Platz, siehst du die evangelische Johanneskirche. Dort, am Gartentor des Pastorenhauses nebenan, findet sich das bisher einzige öffentliche Monument für Jonke, keine Skulptur, auch kein Schrumpfkopf, bloß eine Zeichnung und die Textzeile: »Mein Reich ist in der Luft«.

H. C. Artmann ist hier, wenn es stimmt, wegen Erregung öffentlichen Ärgernisses (wegen Urinierens gegen eine Hecke) und anschließenden Widerstands gegen die Staatsgewalt einmal vorübergehend verhaftet worden.

Na, hast du Lust bekommen? Weißt du was? Jetzt fahren wir mit unseren Rädern die Auffahrtsrampe hinunter und warten an der Schiffsanlegestelle der »Lendhafenschifffahrt«. Früher einmal sind hier tatsächlich Dampfschiffe bis in die Stadt hereingefahren.

Als wir vor zehn Jahren an Ort und Stelle waren, lieber Gast,

23 In: Vinzenz Jobst: Europa erlesen. Klagenfurt/Celovec, Wieser, Klagenfurt 2006, S. 119.

habe ich dich hier zu einer Schifffahrt auf der Lend eingeladen, genau genommen auf einem Elektroboot, viereckig wie eine Schuhschachtel, das Platz für etwa zehn Passagiere bot: der *Lendwurm*. Aber wo ist denn bloß der Mann, der wie ein berühmter Kapitän aussieht? Hat er etwa die Tafel mit Ankunfts- und Abfahrtszeiten abmontiert? Hat er die vielen Schlingpflanzen in der Lend wuchern lassen? Warum nimmt er nicht den Mützenteller vom Kopf und winkt uns zu? Weil es ihn nicht mehr gibt. Und weil der *Lendwurm* nicht mehr verkehrt. Wenn etwas eingestellt wird oder stirbt in der Stadt, plakatiert die Stadt das nicht so groß und gern! Bekanntlich hat sich Thomas Bernhard in der allerletzten Veröffentlichung seines Lebens in einem Leserbrief für die Erhaltung der Gmundner Straßenbahn eingesetzt. Warum soll ich nicht dasselbe für den Klagenfurter *Lendwurm* tun? Eine Straßenbahn gab es in Klagenfurt bis zum Jahr meiner Geburt übrigens auch, und ihre Einstellung war eine der unzähligen kommunalpolitischen Todsünden.

Also, lieber Gast, stell dir einfach vor, der *Lendwurm* fährt noch, der Kapitän winkt uns zu und lässt uns mitsamt den Fahrrädern an Bord, sodass wir Klagenfurt ein Stück weit vom Wasser aus erforschen können. Eine Literaturstadt erkennt man ja gerade daran, dass man viel Fantasie in ihr braucht.

Und viel Fantasie war und wird jetzt auch auf der Bootsfahrt nötig sein. Denn noch ist (wäre) es ja ein wenig langweilig, eine Stunde lang in die meterhohe Böschung zu starren: Böschung bleibt Böschung, auch wenn sich ihr Gras vielleicht im Wasser spiegelt, falls das nicht ohnehin die Schlingpflanzen sind, die unter Wasser wuchern. Aber eines Tages wird der Lendkanal *The Channel of Fame* sein, und der Tourist wird aus dem Staunen nicht herauskommen, wenn er mit dem *Lendwurm* von fachkundigen Kommentaren instruiert an den Installationen, Denkmälern, Skulpturen, Wachsfiguren von prominenten

Söhnen und Töchtern der Stadt vorbeizieht, mit denen man die Böschung auf beiden Seiten ausstatten wird. »Was für eine illustre Gesellschaft diese Stadt hervorgebracht hat!«, wird er denken. Er wird natürlich auch ganz einfach diesen Stadtführer lesen können.

Nicht nur die bereits beschriebenen Künstler werden ihm begegnen, auch andere Charakterköpfe, die ihm sicher sehr bekannt vorkommen werden. »I wer' narrisch!«, wird zum Beispiel der in Bronze gegossene Edi Finger, das Mikro in der Hand und den Kopfhörer über die Ohren geklemmt brüllen, und daneben angedeutet sein Toningenieur und ein gut eingeschenktes Viertel Welschriesling, auch aus Bronze. »I'm Aldonza the whore!«, tönt es von schräg gegenüber: Das ist die Schauspielerin und Musicalsängerin Dagmar Koller. Als Nächstes tritt in dein Gesichtsfeld ein Mann mit pechschwarzem Haar, der im weißen Bademantel an einem gläsernen Klavier sitzt und *Merci, Chérie* singt. Am *Lendwurm* wird es langstielige rote Rosen zu kaufen geben, die man über die Lend diesem anderen Jüngling vom Magdalensberg zur Böschung werfen kann. Den Künstlernamen des großen Schlagerstars habe ich schon erwähnt, der bürgerliche Name des Klagenfurter Ehrenbürgers ist Jürgen Bockelmann, und jetzt singt er auch noch »Ja, mein Bruder ist ein Maler« – das ist der Manfred Bockelmann daneben. Als Nächstes konzertieren Naked Lunch, und Wolfgang Puschnig verkrümmt sich und bläst in sein Saxofon. Antonio Fian wettert in alttestamentarischem Ingrimm gegen die müden Recken des SV Spittal. Helga Glantschnig schnürt sich ihre Eisschuhe. Sie ist keine Eissportlerin, sondern Schriftstellerin, hat aber über das Schlittschuhlaufen geschrieben und passt insofern hervorragend in den Lendhafen, auch wenn sie zwar in Klagenfurt geboren, aber nicht geblieben ist. Ein langhaariger Beau in Bermudas erklärt: »Ein guter Tag beginnt mit einem sanierten Budget!« und stemmt dazu einen Swarovski-Kristall in die Höhe. In späteren Auflagen, wenn der ehemalige Finanzminister aus den Klatschspalten verschwunden und vergessen sein wird und falls sich alle bösen Gerüchte, die jetzt kursieren, als gegenstandslos erweisen sollten, werde ich seinen Namen einfügen. Sonst nicht.

Wer da so steif und stramm steht, als stünde er gerade beim Abspielen der Nationalhymne im Wiener Ernst-Happel-Stadion, das ist der Fußballnationalmannschaftskapitän Gerhard Sturmberger, der von 1965 bis 1973 insgesamt dreiundvierzigmal für das Team spielte. Groß geworden war er beim ASK im Stadtteil St. Peter, später spielte er beim LASK und beim Rekordmeister Rapid Wien. Er wurde nach dem Ende seiner Karriere leider nicht Analytiker, Co-Kommentator, Trainer, Vereinspräsident oder Werbeträger, sondern alkoholkrank und starb bereits im Alter von fünfzig Jahren am 13. Jänner 1990.

Dann folgt Karl Schnabl, Skisprungolympiasieger 1976 in Innsbruck auf der Großschanze und heute Dr. Karl Schnabl und (bis zu seiner Pensionierung) Arzt für Sportmedizin am Klinikum (der übrigens hier am Lendkanal sehr oft joggend unterwegs war – und eine besondere Herausforderung für den Bildhauer wäre: Ein Bronzeskispringer mit Zipfelmütze und Stethoskop im Flug auf dem Luftteppich wäre für sich schon eine Touristenattraktion).

Vom anderen Ufer dringen wieder andere Laute: Da grölt nämlich Penny McLean *Lady Bump* und vollführt den Hüftstoßmodetanz aus den Siebzigern des zwanzigsten Jahrhunderts. Damals, als man alles abkürzte und auch zum Popo nur noch Po sagte, erfand sie nach dem Tête-à-Tête sozusagen das rhythmische Po-à-Po. Der *Bump* war also gewissermaßen die Renaissance des Popos: Der war aber nicht mehr ein ganzer, sondern zwei halbe Ärsche, die miteinander Körperkontakt aufnahmen. Bevor sie Penny McLean hieß, hieß sie Gertrude Wirschinger und wurde am 4. November 1946 in Klagenfurt geboren. Nach ihrer Musikkarriere lebt sie nun als Esoterikerin in München und schreibt Bücher mit Titeln wie *Ich bin mein Schicksal*, *Kontakte mit deinem Schutzgeist* oder *Wir sind an deiner Seite* – Arschwackeleien mit Paralleluniversen also.

Irgendwo sollte noch ein Platz für den Josefstadt-Schauspieler Georg Bucher sein und ebenso für Jasmin Ouschan, die junge Supersportlerin, die schon mehr Billard-Europameistertitel als Lenze am Buckel hat. (Einen Buckel wird sie vom vielen Billardspielen erst bekommen. Aber dafür wird dann Eurosport ausschließlich von ihr handeln.)

So wird der Lendkanal in Zukunft also einmal aussehen. Schon gegenwärtig verläuft an seinem Südufer hoch oben über der Böschung die Villacher Straße, eine Ausfallstraße, am Nordufer die Tarviser Straße, die hauptsächlich den Radfahrern, Skatern, Läufern, Dackeln und Pudeln überlassen ist. Hier sieht man auch vom Wasser aus noch die Dachgiebel der Vorstadtvillen. Und da haben wir auch schon die erste Brücke unterquert, den Jergitschsteg, benannt nach dem Gründer der städtischen Feuerwehr und neu gebaut im Jahr 2001. Noch nicht über den neuen, sondern über den alten Jergitschsteg ging Uwe Johnson, als er für seine Dokumentarerzählung *Eine Reise nach Klagenfurt*[24] recherchierte, die vom Klagenfurt in der Zeit unmittelbar nach dem Tod Ingeborg Bachmanns am 17. Oktober 1973 und auch vom Klagenfurt ihrer Kindheit berichtet, der Zeit des Austrofaschismus und Nationalsozialismus. Über diesen Jergitschsteg gelangt man in nördlicher Richtung zunächst zum Diözesanhaus (wo sich in der Besatzungszeit die Kommandozentrale der britischen Besat-

24 Uwe Johnson: Eine Reise nach Klagenfurt. Suhrkamp, Frankfurt/Main 1974.

zer befand und heute das Institut für Religionspädagogik der Kirchlichen Pädagogischen Hochschule Graz befindet) und hundert Meter weiter zum Mädchengymnasium, das damals zur Zeit von Johnsons Recherche noch nicht Ingeborg-Bachmann-Gymnasium hieß. Hier in dieses Gebäude ging Ingeborg Bachmann auch nicht zur Schule, allerdings übersiedelte die Direktion »ihres« Gymnasiums in der Ursulinengasse später hierher. Damals wurde im Bachmann-Gymnasium noch kein Bachmann-Junior-Wettbewerb veranstaltet (was aus den Bachmann-Junior-Preisträgern geworden ist, kann ich leider nicht sagen: Berühmter Dichter ist jedenfalls leider noch keiner dabei gewesen). Damals stand vor dem Schuleingang noch kein Schild mit der Aufschrift »Geben Sie dieser Frau kein Feuer!« – und damals gab es auch die seit Jahren völlig verrostete Metallinstallation im kleinen Baumit-Park dem Gymnasium gegenüber mit dem aus dem Metall geschnittenen Bachmann-Zitat noch nicht, das mit den Worten beginnt: »Ich grenz noch an ein Wort …«

Schnurgeradeaus führt die Ferdinand-Jergitsch-Straße, die ein prächtiges Bild gibt, wenn Ende April die Allee der Zierkirschbäume an beiden Straßenrändern rosa blüht, weiter zur mittlerweile berühmten Henselstraße, wie sie in *Jugend in einer Österreichischen Stadt* beschrieben ist: »Eines Tages ziehen die Kinder um in die Henselstraße. In ein Haus ohne Hausherr, in eine Siedlung, die unter Hypotheken zahm und engherzig ausgekrochen ist. Sie wohnen zwei Straßen weit von der Beethovenstraße, in der alle Häuser geräumig und zentralgeheizt sind, und eine Straße weit von der Radetzkystraße, durch die, elektrischrot und großmäulig, die Straßenbahn fährt. Sie sind Besitzer eines Gartens geworden, in dem vorne Rosen gepflanzt werden und hinten kleine Apfelbäume und Ribiselsträucher. Die Bäume sind nicht größer als sie selber, und sie sollen miteinander groß werden.«[25] Die Bäume sind größer geworden. Die Straßenbahn fährt nicht mehr, weder durch die Radetzkystraße noch durch sonst eine, und an das Reihenhäuschen in der Henselstraße ist eine Gedenktafel genagelt, die aber zwischenzeitlich so zugewachsen ist, dass man außer den Wörtern »Bachmann«, »Rom« und »Klagenfurt« kaum etwas entziffern kann. In westliche Richtung stößt die Radetzkystraße schon nach etwa hundert Metern an ihr natürliches Ende, an den Beginn des Kreuzwegs, der zur Kreuzberglkirche führt, über der das erwähnte Schweizerhaus zu Ehren Kaiser Franz Josephs steht und von wo man gleichzeitig das Kreuzbergl besteigt, einen bewaldeten Erholungshügel, der noch mitten in der Stadt beginnt und sich nach Westen bis Pörtschach erstreckt. Neben dem Kreuzweg das Bergbaumuseum und der Botanische Garten. Für Ingeborg Bachmann war es also nur ein Katzensprung, bis sie am Kreuzbergl den »Bachmannweg« erreicht hatte, der damals freilich noch nicht so hieß, als sie ihre Erzählung *Drei Wege zum See* konzipierte.[26] Am »Gipfel« des Hügels steht die Volkssternwarte, und in den Wäldern verstecken sich drei idyllische Teiche, auf denen man im Winter ebenfalls (manchmal) eislaufen kann. Ein literarisches Denkmal hat dem Kreuzbergl aber auch Alexander Widner gesetzt, der in seinen Tagebüchern beschreibt, wie oft er aus der Stadt hinaus aufs Kreuzbergl gegangen ist, um Verstimmungen und Depressionen loszuwerden. Und es ist ihm tatsächlich immer wieder gelungen.[27] Es müssen also noch zahlreiche herrenlose Widner-Depressionen hier im Unterholz herumliegen. Wenn

25 Jugend in einer Österreichischen Stadt. In: Ingeborg Bachmann: Das dreißigste Jahr. dtv, München 1966, S. 9.

26 Vgl. Ingeborg Bachmann: Simultan. dtv, München 1974.

27 Vgl. Alexander Widner: Gegen Tagesende. Deuticke, München/Wien 2000; Alexander Widner: Tag und Nacht und Tag. Wieser, Klagenfurt 1998; Alexander Widner: Am Abgrund der Bücher. Wieser, Klagenfurt 2005.

du Pilze oder Beeren pflückst: Vorsicht, dass du dir keine schnappst! (Bis zu seiner Pensionierung hatte Alexander Widner eine ungewöhnliche Doppelexistenz als Schriftsteller und Kulturbeamter geführt. Anschließend stellte er seinem ehemaligen Arbeitgeber, der Stadt, im satirischen Roman *Kreitzberg*[28] ein denkbar schlechtes Zeugnis aus.)

Na, ich komme aus dem Plaudern gar nicht mehr heraus! Dabei sind wir jetzt schon unter der Rizzibrücke durchgekommen (sie wurde 1902 erbaut, ist abends hübsch beleuchtet, und auf den luftballonartigen Brückenlaternen steht »Art protects you!«. Den armen Vinzenz Rizzi, Kärntner-slowenischer katholischer Priester, hat Gott schon mit vierzig Jahren zu sich gerufen, und dass er schon gestorben ist, erkennt man daran, dass ein Preis nach ihm benannt ist, der Rizzi-Preis. An schriftlichen Botschaften waren am Rizzibrückenkörper zur Zeit der Entstehung der Erstausgabe dieses Führers weiters zu entziffern: »Revolution«, »KAC«, »Fuck« und »Fut« – samt und sonders Phänomene des menschlichen Lebens, die manchmal ebenso dringlich sind wie »Art«. Zehn Jahre später stand dort von anonymer Künstlerhand gesprayt: »Polizei«, ein Spiegelbild der gesellschaftlichen Entwicklung weg von der Easy-living-Ära hin zur rigiden Kontrollgesellschaft! Harte Zeiten, wenn Sprayer Polizistenjobs übernehmen. Aber auch das war bloß eine temporäre Kunstinstallation. Die Polizei ist wieder weg, und die allerletzte Botschaft zum Zeitpunkt der Drucklegung dieses Stadtwerks lautet: »Ihr sterbt!« Gespraytes Memento mori mitten in der Idylle – sozusagen in memoriam Rizzi. Aber, wie gesagt: Art protects you! Die Eisenbahnbrücke und die Autobahnbrücke sind jedenfalls urbane Graffitizentren.

28 Alexander Widner: Kreitzberg. Drava, Klagenfurt/Wien 2009.

Wir sind nun bereits unter der Steinernen Brücke durchgefahren, die 1535 über den Lendkanal geschlagen wurde und eines der ältesten Bauwerke der Stadt ist. Sie grenzt an eine Eisdiele und ist daher gerade im Sommer auch ein Treffpunkt junger Menschen. Die Brücke dient als Verbindung zwischen den Stadtteilen St. Martin und Waidmannsdorf und zwischen Mädchen und Buben der Stadt, die dort in meiner Jugendzeit Knie an Knie gepresst auf den steinernen Brückenmauern aufgefädelt saßen, ein Schleckeis in der Hand: Was wäre eine Kontaktbörse ohne Eisdiele? – Noch dazu, wenn man dort die innovativsten Sorten der Welt bekommt: vom Tomateneis bis zum Papst-Franziskus-Eis mit Original-Weihrauchgeschmack!

Damals lernte man sich noch persönlich kennen. Zum Singles-Treff auf der Partnervermittlungsbrücke (Parship Bridge) reisten die jungen Gläubigen mit dem ultimativen Fahrzeug der Siebziger an: dem Mofa.

Hattest du eins, warst du wer. Hattest du keins, warst du niemand. Es gab zwei rivalisierende Konfessionen: die Honda-Camino-Gang und die Puch-Maxi-Sekte. Eine Art Kirchensteuer mussten allerdings beide berappen, nämlich bei den eigens dafür am Rand der Villacher Straße postierten Beichtpolizisten wegen defekten Lichts oder Nichtmitführens des Verbandszeugs. Damals ging es der Polizei noch gut! Ihre »Sorgen« hätten die heutigen Polizisten gern.

Auch ich habe meine spätere Frau hier kennengelernt, wenn auch viel, viel später wahrgenommen und erkannt: Denn die junge Germanistikstudentin arbeitete dort während der Sommerferien als Eisverkäuferin. Wer weiß, wie oft sie mir bei unseren Blind Dates freundlich lächelnd eine Kugel Maronieis in die Honigtüte gedrückt hat!

Bestellen wir ein Maroni-Walnuss-Erdbeereis mit Schokoguss, setzen wir uns auf die steinerne Brüstung, und ich gebe dir einen kleinen Text zu lesen. Denn führen wir über die Steinerne Brücke in südliche Richtung, kämen wir in einen Stadtteil, in dem ich gewissermaßen doppeltes Heimrecht genieße und den ich daher auch einmal eigens porträtiert habe. Die Geschichte geht so:

GEMEINNÜTZIGER VORTRAG ÜBER WAIDMANNSDORF

Die Erde ist einer der kleinsten Planeten ihres Sonnensystems, Europa einer der kleinsten Kontinente der Erde, Österreich einer der kleinsten Staaten Europas, Kärnten eines der kleinsten Bundesländer Österreichs, Klagenfurt eine der kleinsten Landeshauptstädte. Die Waidmannsdorfer Straße aber ist die allerlängste Straße von ganz Klagenfurt. Und da wohne ich.

Ich bin also Westklagenfurter, aber da ich nicht mein Leben lang in Westklagenfurt geblieben, sondern hinaus in die weite Welt gegangen bin und etliche Jahre in Ostklagenfurt gelebt habe, dann aber aus Ostklagenfurt um viele Erfahrungen reicher nach Westklagenfurt rückübersiedelt bin, darf ich mich nicht nur als Geburtswestklagenfurter, sondern auch als Wahlwestklagenfurter bezeichnen. Westklagenfurt war sicher keine schlechte Wahl, aber Rom, Nizza oder Lissabon hätten mir auch ganz gut gefallen. Hingegen muss ich, hochverehrte Damen und Herren, leider in Abrede stellen, dass ich Waidmannsdorfer (oder exakt: Nordostwaidmannsdorfer) bin, nicht obwohl, sondern eben weil ich in der Waidmannsdorfer Straße wohne. Denn eine Straße wird ja gewöhnlich gerade nicht nach dem Ort benannt, durch den sie führt. Sie weist höchstens die Richtung. Trotzdem hoffe ich, dass die Waidmannsdorfer Straße 3 einmal eine sehr berühmte Adresse wird, wie in Wien die Sternwartestraße, in London die Baker Street, in Salamanca die Calle de Bordadores oder in Lissabon die Rua dos Douradores. Eine Klagenfurter Straße gibt es in St. Veit, nicht in Klagenfurt, eine Villacher Straße in Klagenfurt, nicht in Villach, eine Kärntner Straße in Wien, nicht in Kärnten. (Die Wiener Kärntner Straße hat mit Kärnten übrigens überhaupt nichts zu tun, sondern mit dem Karner, dem Beinhaus. Damit wiederum hat nichts zu tun, dass tatsächlich viele Kärntner – und Klagenfurter – in Wien leben. So gesehen ist Wien das zweitgrößte Klagenfurt.) Die Kanaltaler Straße führt zwar durch die Kanaltalersiedlung, aber eben nicht durch das Kanaltal, und genau aus diesem Grund heißt sie eben nicht Kanaltalersiedlungsstraße.

Ich kenne übrigens eine Lindwurmstraße, aber nicht in Klagenfurt, sondern in München. Als ich letztens bei den lieben Weißwurstnibelungen war, bin ich vom Goetheplatz diese Lindwurmstraße entlang bis zum Sendlinger Tor und zur Redaktion der *Süddeutschen Zeitung* in der Sendlinger Straße spaziert, und ich habe zwar nicht herausgefunden, warum die Lindwurmstraße Lindwurmstraße heißt (ich hab mich auch nicht sehr bemüht), aber ich bin froh gewesen, dass diese Lindwurmstraße durch München und nicht durch Klagenfurt führt. Hier müssen nämlich haufenweise schwerkranke Leute leben, habe ich mir gedacht, denn anstatt Cafés, Nachtbars, Lebensmittelgeschäften, Blumenläden wie in der Waidmannsdorfer Straße gibt es in der Lindwurmstraße nichts als Arztpraxen, Spezialkliniken, Psychotherapeuten, Physiotherapeuten, Heilpraktiker, unterbrochen nur durch diskrete Dienstleistungsbetriebe wie *TrauerHilfe DENK – Trauervorsorge, Anleitung zum Verfassen letzter Willen, Erdbestattung, Feuerbestattung, Überführung. Angebot der Woche: Seebestattungen in Nord- und Ostsee.* Für die, die noch nicht ganz so weit sind, gegenüber: Hinweis auf die *Deutschen Venenwochen.*

Aber die Zeit ist knapp und ich schweife vom Thema ab, zurück zur Waidmannsdorfer Straße, die nicht nur die längste hier, sondern auch die einzige Straße im Ortsgebiet ist, bei der man an einer Stelle – gleich nach der Bahnübersetzung – blinken und abbiegen muss, damit man auf ihr bleibt! Ich hätte beinahe einmal Strafe gezahlt, weil ich auf der Waidmannsdorfer Straße nicht geblinkt habe, um auf meiner Waidmannsdorfer Straße zu bleiben, aber ich habe gegen die Organstrafverfügung Beschwerde beim Obersten Gerichtshof eingelegt, und der hat mich womöglich für einen käuzischen Querulanten oder für wen auch immer gehalten, jedenfalls hat er das Verfahren eingestellt, das heißt, er hat einfach nicht mehr reagiert, und die Geschichte ist im Sand verlaufen. Alles lasse ich mir eben nicht gefallen! Na ja. Während also die Kärntner Straße zwar nicht durch Kärnten führt, aber den Wienern die Richtung nach Kärnten weist, weist die Waidmannsdorfer Straße offenbar auch nicht nach Waidmannsdorf, denn am südlichen Ende der Waidmannsdorfer Straße beginnt Viktring, am nördlichen Ende plumpst man in den Lendkanal. Beides kann nicht Waidmannsdorf sein.

Nachdem ich nun mit meinem Fahrrad die gesamte Waidmannsdorfer Straße von Norden nach Süden und von Süden wieder nach Norden abgefahren bin, habe ich zum ersten Mal in meinem Leben den unfassbaren Gedanken gedacht, dass es Waidmannsdorf in Wirklichkeit vielleicht gar nicht gibt. Und je intensiver ich Waidmannsdorf gesucht habe, desto mehr Indizien habe ich für seine Nichtexistenz gefunden: Dass es keine regulären Ortstafeln gibt, die Waidmannsdorf verkünden, wäre noch ein schwächeres Argument – schließlich wird auch in Wien Favoriten, in Lissabon die Alfama oder in München Schwabing nicht eigens angezeigt. Aber wenn man schon keine Grenzen definieren kann, müsste es wenigstens ein Zentrum geben, ein innerurban peripheres Nebenzentrum wenigstens, aber auch das ist schwer zu finden. Wohl stehen weithin sichtbar zwei sogenannte Sternhochhäuser in der Luegerstraße, deren Architektur damals, als sie gebaut wurden, sicher futuristisch empfunden worden ist und die zweifelsohne Waidmannsdorfer Wahrzeichen wären, wenn es Waidmannsdorf gäbe. In einem dieser beiden hat eine Zeit lang die Dichterin Christine Lavant gewohnt, das ist ihr aber nicht gut bekommen. Sie hat damals unter anderem an einer Schreibhemmung gelitten und unter anderem auch nichts über Waidmannsdorf geschrieben. Wohl gibt es die Café-Konditorei Fahrnberger (da hat Robert Schindel große Teile seines Romans *Gebürtig* geschrieben. Waidmannsdorf ist darin allerdings mit keinem Wort erwähnt.).

Urbane Experten vermuten als Zentrum den sogenannten Baumbachplatz zwischen Siebenhügel und der Kanaltalersiedlung, wobei man schon sagen muss, dass es ein wenig merkwürdig ist, einen Platz nach einem Bach zu nennen, der nach einem Baum benannt ist. Wie soll denn das gehen? Die *Weide*, gut, aber die schreibt man mit ei. Oder es handelt sich bei Bach und Baum nicht um Naturphänomene, sondern um Eigennamen, und der Platz ist dazu da, zwei Persönlichkeiten zu verewigen, den Klagenfurter Historiker Wilhelm Baum zum Beispiel und den Komponisten Johann Sebastian Bach. Allerdings hat mir Wilhelm Baum – der sich wirklich auf Gedenktafeln versteht – versichert, dass Johann Sebastian Bach rein gar nichts mit Waidmannsdorf zu schaffen gehabt hat. Wahrscheinlich hätte Baum den Platz gern für sich allein. Oder es handelt sich um eine einzige Person namens Baumbach, von der ich aber nicht das Geringste weiß, und ich müsste nochmals den Historiker konsultieren. Das jedoch ist mir entschieden zu peinlich. (Dafür habe ich ja meine lieben Leserinnen und Leser, die mir nach dem Erscheinen der Erstausgabe in großer Zahl geschrieben und mich mit Tipps, Korrekturen, Anregungen versehen haben. Eine ganz besonders schlimme Bildungslücke zu schließen bin ich hier aber – Peinlichkeit hin oder her – willens: Der Baumbachplatz ist selbstverständlich nach dem 1840 in Thüringen geborenen Dichter Dr. Rudolf

Baumbach benannt. Der Erschließer der Julischen Alpen, selbstverständlich Dr. Julius Kugy, hatte Baumbach, Botaniker vom Fach und Dichter aus Berufung, im Buch *Aus dem Leben eines Bergsteigers* ein Denkmal gesetzt. Baumbach hatte das altehrwürdige slowenische Zlatorog-Epos in ein üppiges Alpengedicht umgesetzt, belehrte mich mein Leser. Der Dichter, der aus Existenzgründen gezwungen gewesen war, seine Thüringer Heimat zu verlassen, ist heute in Vergessenheit geraten. Aber von ihm stammt der Text zu einem der bekanntesten Heinz-Höhne-Lieder *(Hoch auf dem gelben Wagen)*, das leider von den Nazis vereinnahmt wurde. Vielen Dank, Leser! Eine Bildungslücke weniger.

Dieses Stadtporträt wurde auch in der Schweiz gelesen, denn aus Zürich schrieb mir eine dipl. Mathematikpädagogin (mit Mathematiklabor & Erfassung-Therapie-Begabungsförderung-Beratung-Erwachsenenbildung) zur Causa prima, sodass ich hiermit nun stolz verkünden kann, dass Rudolf Baumbach nicht bloß in Thüringen, sondern in Kranichfeld am 28. September 1840 geboren worden ist und am 21. September 1905 in Meiningen wieder gestorben ist, aber tatsächlich unter dem Pseudonym Paul Bach geschrieben hat, und zwar sein Versepos *Zlatorog*, das auf und um den Triglav spielt, jenem majestätischen Berg in Slowenien, den schon Carlo Michelstaedter erstiegen hat. Die Zürcher Mathematikpädagogin weiß das deshalb so genau, weil *Zlatorog* eines der Lieblingsgedichte ihres Vaters – ein Klagenfurter – war und seine Familie einen Vers aus *Zlatorog* auf seine Grabplatte meißeln hat lassen (»Wo geht ein Pfad in dieser Wildnis?«). Leider hat der Grabstein-Meißel-Lehrling FPAD gemeißelt und seine Vermeißelung verbessern müssen. Aus dem F ein P zu meißeln war leicht, aus dem P ein F zu meißeln dagegen schwer, sehr schwer …! Wo das Grab liegt, habe ich bisher nicht herausgefunden, und ich verweise auf die dritte Ausgabe in zehn Jahren.)

Geradezu mysteriös wird die ganze Angelegenheit nun dadurch, dass es dort, wo auf den Häuserfronten Baumbachplatz steht, nicht nur keinen Baum und keinen Bach, sondern auch keinen Platz gibt. Ich habe bei meiner Suche das Espresso Affi und daneben ein Geschäft mit Femina-Dessous entdeckt (»Slips, die niemals ziehen; Slips, die niemals drücken; ein schlecht sitzender Slip kann tödlich sein; Verkauf über Drogerie Polessnig um die Ecke. Danke!!!«), aber Platz habe ich keinen bemerkt. Vielleicht ist die Wahrheit einfach die, dass es, weil es kein Waidmannsdorf, sondern nur ein Nichtwaidmannsdorf gibt, auch keinen Baumbachplatz geben kann, obwohl er so heißt. Und wo es gar nichts gibt, gibt es natürlich auch kein Zentrum.

Durch Siebenhügel, westlich vom Nichtbaumbachplatz (oder: Nichtbaumbachnichtplatz) gelegen, führt übrigens die Siebenhügelstraße, was, wie dem eingangs Gesagten zu entnehmen, an sich schon einer Widerlegung Siebenhügels gleichkommt. (Wo sonst hat man außerdem schon gesehen und gehört, dass ein Stadtteil einen Stadtteilteil hat?) Und während bedeutende Städte wie Rom oder Lissabon tatsächlich auf sieben Hügeln erbaut worden sind (und daher auch Rom und Lissabon heißen), gibt es in Siebenhügel weder sieben noch einen einzigen Hügel. (Tja, da war einer meiner Leser aber ganz anderer Meinung! Er schrieb mir, im Waidmannsdorfer Stadtteil Siebenhügel (sozusagen im Stadtachtel des Stadtviertels) gebe es sehr wohl (noch) einige Hügel. Na ja, lieber Leser, schreibe ich zurück, das ist halt Ansichtssache, ab wann ein Hügel Hügel ist und bis wann Maulwurfshügel oder Bodenwelle. Ursprünglich, so wieder der Leser, sollen es sogar neun Hügel gewesen sein. Das heißt, so wieder ich, man hat extra zwei Hügel weggeschaufelt, damit Siebenhügel Siebenhügel heißen kann? So habe ich mit meinen Lesern – und meine Leser haben mit mir – viel Spaß!) Immer dringender habe ich den Verdacht, dass dieser abenteuerliche Stadtteil vor undenklichen Zeiten von lauter Sophisten und Nihilisten gegründet worden sein muss, die die ganze Menschheitsgeschichte hindurch Generation um Generation darauf gewartet haben, dass ich, ihr zeitferner Nachfahre im Geist, ihr hinterfotziges Werk nach Heerscharen von Blindgängern endlich zu entdecken und zu würdigen weiß: *Waidmannsdorf: Wo das Nichts nichtet!* Nach all dem bisher zutage Geförderten wird sich der wackere Waidmannsdorfer Wanderer wohl auch nicht mehr wundern, dass das Zentrum Siebenhügels, die Siebenhügelkirche, keine Kirche ist. Jedenfalls ist ihr Kirchturm kein Kirchturm: Das sind einfach zwei ineinander verschachtelte Reihenhäuser. Auf dem Dach eines der beiden Häuser steckt wohl ein Kreuz, und es besteht sogar wie dereinst aus schlichtem Holz, allerdings – wen wundert's – ist auch das Kreuz kein Kreuz, denn es hat nicht einen, sondern zwei normal zueinander stehende Querbalken, deren Enden in alle vier Himmelsrichtungen weisen, sodass das Ding am ehesten aussieht wie der Mantelständer beim Fahrnberger. Kreuzigen kann man auf einem solchen Instrument beim besten Willen niemanden!

Das Klerikale ist immer heikel, und ich höre auch schon auf, damit herumzualbern, denn in meiner Bekanntschaft gibt es einen ganz lieben Westsüdwestwaidmannsdorfer, einen Westsüdwestweltwaidmannsdorfer eigentlich, der Pfarrkirchenrat oder Pfarrgemeinderat war oder ist (so genau beschäftige ich mich mit diesen Dingen nicht). Ihm aber sind diese Dinge heilig, und mir liegt nichts daran, ihn zu kränken. Soll jeder nach seiner Façon metaphysisch werden. Also lasse ich die Siebenhügelkirche in Frieden und erzähle zur Relativierung und Entschädigung ganz einfach lieber etwas über die Münchner Frauenkirche. Denn diese Kirche ist zweifellos eine Kirche und ihre Kirchtürme sind zweifellos Kirchtürme. Über dem Volksaltar hängt in luftiger Höhe bloß an einem filigranen Stahldrahtseil ein gewaltiges Holzkreuz (dieses Kreuz ist ein Kreuz) mit einem gewaltigen Corpus Christi, und falls dieses Drahtseil einmal reißt, dann hat der Priester seine letzte Predigt gepredigt und seine Himmelfahrt passiert auf der Stelle, da hilft kein Notarzt und kein Rotkreuzkurs und auch keine Deutsche Venenwoche mehr. Seit meinem letzten Münchenaufenthalt weiß ich übrigens auch, warum die Frauenkirche Frauenkirche heißt. Denn im Inneren des Kirchenschiffs befindet sich ein Minimundusmodell der Kirche (sozusagen der Embryo), und aus der Vogelperspektive sieht man, dass die Kirchturmspitzen weder Spitzen noch Kuppeln sind: Das sind, Pardon, schlicht und einfach Titten! Herrliche Bronzebrüste mit herrlichen Bronzebrustwarzen! Ein wunderbarer Anblick vom Himmel aus. Allenfalls hätte man sie auch Zweihügelkirche nennen können.

Wie auch immer: Waidmannsdorf ist mein Schicksal. Und wenn schon! Ich könnte in den schönsten Städten der Welt sitzen, in Rom, Nizza oder Lissabon: Letztlich würde ich mir auch in diesen Städten ein Stadtviertel aussuchen müssen. Auch in diesen Stadtvierteln wird es Karnevalsumzüge geben, die mir zuwider sind, Kirchtage, die mir zuwider sind, Vorstadtreihenhaussiedlungen, Umspannwerke, Schrebergärten, Fußballstehplatzpublikum, Krampustreiben, Vorweihnachtsstraßenschmuck. Auch in diesen Stadtvierteln würde ich mich womöglich vergeblich auf die Suche nach dem Großen und dem Großartigen machen, auch dort würde ich womöglich das Gefühl haben, etwas zu versäumen und dass das eigentliche Leben woanders stattfindet. Immer möchte ich woanders sein als ich bin, aber sobald ich woanders bin, möchte ich wieder woanders sein, und ich kann auch gar nie woanders sein, weil ich das, was ich habe, wo ich bin, unmöglich hinter mir lassen kann. Insofern ist ein Stadtviertel, das es gar nicht gibt, für mich das ideale.[29]

29 Egyd Gstättner: Waidmannsdorfer Weltgericht (Auszug aus der Titelgeschichte). Edition Atelier, Wien 2002.

DAS STADION UND DIE EUROPAMEISTERSCHAFT

Kommt dir Waidmannsdorf bekannt vor? Ja, natürlich! So ein Waidmannsdorf gibt es doch in jeder Stadt. Das bedeutendste Bauwerk des Stadtteils habe ich aus der Geschichte aber ausgeklammert, um es dir hier gesondert zu beschreiben: das Klagenfurter Wörthersee-Stadion in der Siebenhügelstraße. Seit 1962 stand es hier (war also so alt wie ich und wie die Aufbahrungshalle in Annabichl) und beheimatete den städtischen Traditionsfußballclub Austria Klagenfurt und später den FC Kärnten, der daraus hervorgegangen war. Im Dezember 2005 wurde das alte Stadion niedergerissen und auf demselben Platz in bloß achtzehn Monaten ein neues kolossales Stadion aus dem Boden gestampft. Den achtzehn Monaten waren aber ein halbes Dutzend Jahre wilder politischer Intrigen, Zwist, Zank und Hader vorangegangen, die das ehrgeizige Projekt mehr als einmal fast platzen ließen. Das neue, extra für die Fußballeuropameisterschaft erbaute Wörthersee-Stadion fasst nun zweiunddreißigtausend Zuseher (also mehr als ein Drittel der gesamten Stadtbevölkerung), und das silbern blitzende Hufeisen ist so gigantisch groß geworden, dass es allen Ankömmlingen, die sich der Stadt auf der Autobahn von Westen nähern, schon von Weitem als erstes als ein im Süden der Stadt gelandetes, aus der Skyline herausragendes UFO (Unknown Football Object) ins Auge sticht. (Ich weiß, lieber Gast, Fußball heißt auf Englisch soccer. Aber USO hieße ja nichts …)

Kritiker meinen, das Stadion sei für die Stadt überdimensioniert. Immerhin ist es ja jetzt nach dem Ernst-Happel-Stadion im Wiener Prater das zweitgrößte der Republik Österreich. Aber Klagenfurt wurde die Ehre zuteil, einer der Austragungsorte der

EURO 2008 in Österreich und der Schweiz zu sein – der drittgrößten Sportveranstaltung der Welt! Und in ganz Europa können nur wenige Städte dieser Größenordnung das von sich behaupten. Die Auslosung bescherte Klagenfurt die Nationalteams von Polen, Kroatien und (dem späteren Vizeeuropameister) Deutschland, die hier in drei Spielen gegeneinander antraten. Fußballfans wissen ja, dass Fußball-Europameisterschaftsspiele, von welcher Qualität und mit welchem Ergebnis auch immer, auf jeden Fall in die Geschichte eingehen, mit ihrem Austragungsort verbunden bleiben und für die Ewigkeit gespielt werden. Dem wollte der Klagenfurter Bürgermeister Rechnung tragen und auf dem weiten Platz vor dem Stadion am Beginn der Aufgangsrampe eine große Steintafel aufstellen lassen und die Ergebnisse der drei Klagenfurter Europameisterschaftsspiele für alle Zeiten schwarz auf weiß hineinmeißeln lassen. Er wurde aber ein halbes Jahr nach der EURO abgewählt, und weil es unter seinem Nachfolger und dessen Nachfolgerin bisher nicht dazu gekommen ist, weise ich feierlich darauf hin: Deutschland (Lehmann; Lahm, Mertesacker, Metzelder, Jansen, Fritz (55. Schweinsteiger), Ballack, Frings, Podolski, Klose (90. Kurány), Gómez (75. Hitzlsperger)) besiegte Polen am 8. Juni 2008 durch zwei Tore von Podolski 2:0. Vier Tage später, am 12. Juni, besiegte Kroatien (Pletikosa, Ćorluka, R. Kovač, Šimunić, Pranjić, Srna (80. Leko), N. Kovač, Modrić, Rakitić, Kranjčar (85. Knežević), Olić (72. Petrić)) Deutschland 2:1 (Tore: Srna, Olić, Podolksi). Am 16. Juni besiegte Kroatien Polen 1:0. Alle drei Spiele waren selbstverständlich ausverkauft und wurden in alle Länder Europas live übertragen. An den Spieltagen wurde Klagenfurt – vor allem seine Innenstadt und die Fanzonen – von zahllosen Fans aus Deutschland, Kroatien und Polen überschwemmt, die ein farbenfrohes friedliches Fest hier feierten, wie es die Stadt noch nie in ihrer Geschichte erlebt hatte.

Die Klagenfurter Bevölkerung selbst war aber weit weniger enthusiastisch als ihre Gäste. Manche Medien hatten im Vorfeld Ängste geschürt und vor polnischen Plünderungen, kroatischen Massenvergewaltigungen und deutschen Hooligans gewarnt, die die Stadt in Schutt und Asche legen würden. Das waren samt und sonders völlig aus der Luft gegriffene Prophezeiungen, die die Bevölkerung – oder große Teile davon – aber veranlassten, zu Hause zu bleiben, sich zu verbarrikadieren, Mannesmut hin, Frauentreu her, zu flüchten und aufs Land zu ziehen, bis der Spuk wieder vorüber war. So ging das größte Klagenfurter Sportfest ziemlich spurlos an den Klagenfurtern vorüber. In ihrem repräsentativen Europameisterschaftsdokumentarbuch, das die *Süddeutsche Zeitung* editiert, war dann auch der Slogan der Kärnten-Werbung »Urlaub bei Freunden« abgewandelt zu finden: »Urlaub bei Fremden« oder »Urlaub bei Enten« – illustriert mit dem Bild eines polnischen Fans auf dem Campingplatz, dessen Einsamkeit nur durch zwei vorbeiwatschelnde Enten gelindert wird.

Zu lesen ist im Sportgeschichtswerk der *Süddeutschen* außerdem: »Die Fans sind hier. Wer aber fehlt, sind die Klagenfurter. (…) Die aufgeschreckten Klagenfurter, die mangels einer ordentlichen Fußballmannschaft mit dem Ansturm Tausender Anhänger keine Erfahrung haben, weichen vor dem größten Sportereignis ihrer Stadtgeschichte zurück. (…) Die Stadt bietet ein bizarres Bild. Schließlich hat ›die Obrigkeit‹, wie es in Österreich heißt, gleichzeitig EM-Hoffnungen geschürt, die den im Tourismus geübten Kärntnern den größten Reibach der Geschichte versprechen. Doch jetzt kommen die Fans nur zu den Spielen – und fahren zumeist am nächsten Tag wieder ab. Zwischen den Partien im Wörthersee-Stadion stehen in der Innenstadt Tausende Biertische herum, Après-Ski-Mitgröl-Lieder dröhnen über Plätze, Stände preisen Alkohol und fettige

Nahrung an, Flachbildschirme hängen an Sonnenschirmen – aber wo sind die versprochenen Besucherscharen? Zahlreich vertreten sind allein österreichische und deutsche Polizei samt Polizeiseelsorger, Mitarbeiter privater Security-Unternehmen, Sanitäter, freiwillige EM-Mitarbeiter (›Volunteers‹) oder sonstige Mitarbeiter (›Staff‹). Auf dem Public-Viewing-Platz am Messegelände, für dreißigtausend Menschen gedacht, sitzen im Vorrundenspiel Frankreich gegen Rumänien genau achtundachtzig Menschen auf dem Betonboden. Jeder von ihnen könnte sich bei seiner eigenen Bedienung ein Bier abholen. Die fast ins Absurde abgleitende Furcht der Klagenfurter bildet den Höhepunkt in einer anfangs zurückhaltenden bis abweisenden Stimmung im EM-Land Österreich.« Tja, leider. Und selbst dieses Sportgeschichtswerk der *Süddeutschen* wurde in Klagenfurt nur äußerst spärlich verkauft.[30]

Fußball hat in Klagenfurt längst nicht die Tradition und den Stellenwert wie Eishockey. Also war es eine naheliegende Idee, ebenso wie zuvor in Bern oder Göteborg, ein Eishockeyspiel unter freiem Himmel zu veranstalten, und zwar das traditionsreiche Kärntner Eishockeyderby KAC gegen VSV. Prompt war dieses Spiel binnen eines einzigen Tages restlos ausverkauft und fand am 9. Jänner 2010 vor dreißigtausendfünfhundert zahlenden Zusehern statt, die Kälte und Schnee sowie den Ansprachen von Bürgermeister und Bischof trotzten. Der Sportstadtrat Klagenfurts begrüßte in der Aufregung coram publico auch »zahlreiche Gäste aus dem benachbarten Österreich«.

Ich hatte eine Karte in der Nähe des Villacher Fansektors ergattert und konnte daher das ganze Spiel hindurch die Schlachtgesänge mitanhören, nämlich zur bekannten Melodie

30 Vgl. Egyd Gstättner: Das Freudenhaus. Roman über das absurde Theater. Picus, Wien 2015.

den abgeänderten Text »Ihr seid die Scheiße, die Scheiße vom Wörthersee, holioliolіooo – holiolioliöööóh!«. Schlimmer als Ernst Fuchs! Was die Klagenfurter Fans auf der gegenüberliegenden Tribüne intonierten, hörte ich nicht. Aber gebildet und großherzig, wie ich meine Mitbürger einschätze, haben sie bei aller sportlichen Rivalität von den Gästen sicher nur das Beste behauptet. Gewonnen haben dieses erste Kärntner Freiluftderby übrigens unhöflicherweise die Blauen von der Drau mit 1:3. Noch nie waren so viele Villacher gemeinsam in diesem Stadion. Noch nie sind sie alle zusammen so rhythmisch gehopst, dass die Nordtribüne schon bedenklich vibrierte und zitterte. Wäre es den Villachern tatsächlich gelungen, das teure Vorzeigestadion gleich beim ersten Besuch zum Einsturz zu bringen – hätte das sicher eine ernstliche Verstimmung zwischen den beiden Städten verursacht. Daher wurde das Stadion anschließend in eineinhalbjähriger Bauzeit »permanent gemacht«, also mit zusätzlichen Stahlverstrebungen versehen.

Das Eröffnungslied für dieses Kärntner Freiluftderby trällerte ein anderer großer popmusikalischer Sohn Klagenfurts, der Leadsänger der Gruppe Opus, Herwig Rüdisser. (Genau genommen stammt er aus Glödnitz in der Nähe Klagenfurts, kam als Achtjähriger in die Stadt und verbrachte hier die restliche Kindheit und die Jugendjahre.) Mit *Live is Life* gelang der Band ein Welthit. Im Grund hat Herwig Rüdisser mit der Komposition von drei Silben in Eintonmusik für sein gesamtes Leben ausgesorgt, und man darf ihn daher mit Fug und Recht als den effektivsten Poeten aller Zeiten bezeichnen. Der Songtitel ist keineswegs intelligenzelend und nicht einmal tautologisch, denn er lautet ja nicht *Life is Life*, nicht *Live is live* und auch nicht leicht verständlich *Life is live*, sondern umgekehrt und satzgrammatikalisch anspruchsvoller *Live is Life*, vermittelt aber jedenfalls die scheinbare Frohbotschaft von der Lebendigkeit des Lebens.

Doch dann der Hammer, das böse musikalische Erwachen, der alles vernichtende nihilistische Refrain: Nanananana! Weitgehend unbemerkt von den weltweit mitgrölenden Massen treiben Opus und Herwig Rüdisser ihr abgefeimtes erkenntnistheoretisches Spiel, das Platons Höhlengleichnis alt aussehen lässt.

Einmal bewarb sich Klagenfurt um die Austragung der Olympischen Winterspiele (2006) im Dreiländerraum Kärnten-Slowenien-Friaul unter dem Motto *Senza Confini – brez Meja – keine Grenzen* und konnte sich mit diesem Konzept immerhin gegen die österreichische Konkurrenz (Salzburg, Kitzbühel) durchsetzen. Bei der internationalen Endausscheidung in Seoul bezeichnete der damals frisch gewählte Landeshauptmann Haider das IOC (jedenfalls sinngemäß) als käufliche Ganoven – die das chinesisch lächelnd bestätigten und Turin wählten. Fairnesshalber muss man sagen, dass es in Turin im Jahr 2006 nicht nur viel mehr Geld, sondern auch viel weniger Ortstafelkonflikte gab.

Einmal trug sich Klagenfurt in Person seines Kulturstadtrats mit dem Gedanken, sich als Europäische Kulturhauptstadt (2009) zu bewerben. Man kam aber im allerletzten Augenblick dahinter, dass eigentlich immer nur Provinzstädte zur Europäischen Kulturhauptstadt gewählt werden – Graz, Linz, Pécs, Stavanger, Turku, Maribor, Galway oder Esch an der Alzette – dass die Kulturhauptstädte keinen Regierungssitz haben, weil Kultur auch niemals regiert (Regieren wäre ihr wesensfremd!), sondern, falls überhaupt, opponiert, und da hat man es doch bleiben lassen.

Zurück zum Fußball: Gespielt wird der freilich schon: 1920 wurde der Fußballclub Austria Klagenfurt gegründet, der in seiner hundertjährigen Geschichte viele Höhen und Tiefen erlebt hat, viele Aufstiege und noch mehr Abstiege, Landesliga und Europacup. Mitunter spielten hier bei der Austria Weltberühmtheiten wie Franz Hasil oder Lothar Emmerich in den Siebzigern des zwanzigsten Jahrhunderts, schlitzohrige Dribblanskis wie der Tansanier Kassim Ramadhani, berühmt vor allem für seine spektakulären Fallrückzieher. Seine Karriere begann bei diesem Verein auch der in Klagenfurt geborene Friedl Koncilia, vielleicht der beste Torhüter, den Österreich jemals hervorgebracht hat, jedenfalls der erfolgreichste. Er stand als einziger österreichischer Goalie der Nachkriegszeit bei zwei Weltmeisterschaften (1978 in Argentinien und 1982 in Spanien) zwischen den Pfosten. Einer der ganz wenigen Klagenfurter, die von einem Klagenfurter Club aus den Sprung ins österreichische Nationalteam schafften, war der kleine Stürmer Günther Golautschnig, der 1982 (in der glorreichen Ära unter Walter Ludescher) im selben Länderspiel debütierte wie der viel berühmtere Toni Polster. Die Türkei wurde in Wien 4:0 besiegt. Aber Golautschnigs Premierenspiel war gleichzeitig seine Abschiedsvorstellung, denn er erlitt eine schwere Knieverletzung, von der er sich nie wieder wirklich erholte. *Gogo* wäre sicher auch ein Fall für den Channel of Fame.

Die österreichische Meisterschaft gewann die Austria Klagenfurt nie, einmal (2001) aber (schon als FC Kärnten) den österreichischen Pokal (unter dem Trainer Walter Schachner). Drei Saisonen spielte man im Europacup. Höhepunkt waren die Begegnungen gegen Feyenoord Rotterdam. Im Rotterdamer De-Kuip-Stadion gab es eine ehrenvolle 1:2 Niederlage, in Waidmannsdorf dann ein 0:1. Und danach ging es mit dem Verein schnell und steil bergab. Als das Europameisterschaftsstadion fertiggestellt war, spielten die »Violetten« in der Zweiten Liga. Das war dem allmächtigen Landeshauptmann Haider zu wenig und er kaufte (mit Geld unerklärter Herkunft), alle Regeln sportlicher Fairness missachtend, kurzerhand einen

Erstligisten aus einem Dorf in Oberösterreich, ließ ihn nach Klagenfurt übersiedeln, nannte ihn »Austria Kärnten« und setzte einen Parteivasallen als Präsidenten ein, der Präsidium und Vorstand seinerseits mit noch niedrigeren Parteivasallen besetzte, außerdem mit der Landeshauptmannsgattin. Die Strafe des Schicksals folgte – siehe Wörthersee-Mandl – auf dem Fuß: Der Polithochstapler-Spitzenclub existierte genau drei Jahre (das allerdings ist negativer Weltrekord!!), dann ging er unter, pleite und in Konkurs. Seit 2010 spielt wieder Austria Klagenfurt im Stadion, derzeit in der Zweiten Bundesliga. Ein Vereinsmuseum, das wir besichtigen könnten, gibt es leider noch nicht.

Erst seit dem August 1994 gehört auch Klagenfurt als südlichste Landeshauptstadt zum erlauchten Kreis jener sechs österreichischen Städte, in denen das ÖFB-Nationalteam Länderspiele austrägt. Die Premiere gegen Russland (unter Teamchef Herbert Prohaska) ging im alten Stadion 0:3 verloren.

Seit der Neueröffnung des Wörthersee-Stadions im September 2007 haben aber ein ganzes Dutzend Länderspiele in Klagenfurt stattgefunden. Klagenfurt ist – neben der Bundeshauptstadt Wien – DER österreichische Länderspielstandort! Keine andere Landeshauptstadt hat im letzten Jahrzehnt mehr Länderspiele »bekommen«, öfter nicht nur Opus, sondern auch die Bundeshymne gehört, Rainhard Fendrichs *I am from Austria* und den *Radetzkymarsch* von Johann Strauss und Joseph Roth. Der absolute Höhepunkt der Klagenfurter Länderspielgeschichte war ohne Zweifel der 2. Juni 2018, als Österreich hier gegen Deutschland 2:1 gewann. Marko Arnautović meinte, er höre immer »Córdoba, Córdoba«. Es müsse jetzt aber »Klagenfurt« heißen. (Arnautovićs Wort in Gottes Ohr! Allerdings ist Gott tot.) Jedenfalls habe ich den 2. Juni gleich zum Stadtfeiertag erhoben.

EIN STADTFEIERTAG

Es war, als hätten sich alle Mächte des Himmels gegen unseren ultimativen Triumph verschworen: Wie ein psychotischer Niagarafall, wie eine aus der Musikgeschichte ausgebrochene Wagneroper stürzten Unwetter und Hagelschlag auf unser Stadion und uns selbst. Aber wir Wackeren hielten allen Anfechtungen unverdrossen stand, und jetzt ist das Klagenfurter 2:1 Österreichs über Deutschland Geschichte, Legende und in Stein gemeißelt – im übertragenen Sinn. Fürs Erste meißle ich es hier ins Papier.

Nach Deutschlandspielen muss man es prinzipiell mit Churchill halten: In der Niederlage: Trotz. Im Sieg: Großmut. Man muss also jenen 2. Juni 2018, an dem das Unmögliche möglich und wirklich wurde und aus der Asche Córdoba der Phönix Klagenfurt flatterte, nicht gleich zum Landesfeiertag oder Staatsfeiertag erheben. Aber, liebe Frau Bürgermeister, lieber Herr Magistratsdirektor, lieber Stadtsenat, lieber Gemeinderat, liebe Stadtbevölkerung & Stimmvieh: Ich fordere einen Stadtfeiertag! – Und zwar einen regulären mit fixem Datum im Jahreskalender mit alljährlichen Feiern und Jubiläen: den 2. Juni. Ein Stadtfeiertag ist ein Menschenrecht.

An jedem 2. Juni sollen sich also Menschen aus nah und fern fürderhin zu einem schönen Fest im Wörthersee-Stadion versammeln, alkoholfreies Bier und glutenfreie Bratwurst zu sich nehmen, auf der Vidiwall die ergreifendsten Szenen des 2:1 rekapitulieren, und wie aus einer Kehle sollen alle das Stadtheimatlied singen:

Dort wo das Stadion aus allen Nähten platzte
und der Jörg Siebenhandl schon früh patzte,
wo Stefan Ilsanker den Schmäh führte
und Alaba im Mittelfeld umrührte,
wo Arnautović die Haut über das Gehäuse tschinderte

und Tormann Neuer Ärgeres verhinderte,
wo Pariasek mit dem Prohaska schwätzte
und Martin Hinteregger in der Heimat netzte
(der edle Recke aus Albeck
der traf genau ins lange Eck)
und sich doch niemand schwer verletzte.
Wotan Wahnwitz musste weichen:
Es gab kein Blut und keine Leichen!)
Laut tosend längs der Osttribüne
jubelte auch Alessandro Schöpf, der Kühne!
Wo Joggi Löw der Atem stockte
und dann ganz Österreich frohlockte:
Dort steht mein groooßes Klagenfurt!
Das ist ein ganz besond're Urt.

Außerdem war Klagenfurt in diesem letzten Jahrzehnt ein halbes Dutzend Mal Austragungsort des österreichischen Cupfinales. Sogar das Französische Supercupfinale zwischen Paris St. Germain und Olympique Lyonnais um den Titel »Trophée des Champions 2016« hat im Wörthersee-Stadion stattgefunden, außerdem ein Spiel der italienischen Nationalmannschaft, eines von Serbien. Der Wolfsberger AC, aufstrebender Verein einer östlichen Nachbarstadt des Landes, spielte hier gegen Chelsea London (mit Petr Čech und John Terry unter José Mourinho) und Europacup gegen Borussia Dortmund (unter Thomas Tuchel). Popkonzerte von Herbert Grönemeyer bis Andrea Berg und von Elton John bis Robbie Williams und Ed Sheeran fanden im Wörthersee-Stadion statt. Alle diese kulturellen oder sportlichen Veranstaltungen waren hervorragend besucht, wenn nicht ausverkauft.

Aber all das war nicht bis zu den Ohren des Sportstadtrats und Vizebürgermeisters der Stadt vorgedrungen, sodass er auch namens seiner Bürgermeisterin erklären konnte, es sei dem »Klagenfurter Steuerzahler nicht zuzumuten, das Stadion das ganze Jahr über leer stehen zu lassen«, weshalb sich die Klagenfurter Stadtpolitik gezwungen sah, einen Vertrag mit einer einzelnen Schweizer Person zu schließen, einer Einmannperson (mit Matura, einem Jahr Gewerbeschule und einer pleitegegangenen Galerie) oder Einmannfirma, die sich *Littmann Kulturprojekte* nennt, in dem sie dieser Einzelperson das Klagenfurter Fußballeuropameisterschaftsstadion volle vier Monate lang kostenlos zur Verfügung stellte und also vier Monate lang für alle anderen insbesondere fußballerischen Aktivitäten blockierte, zum Beispiel Europa-League-Heimspiele des WAC gegen Mönchengladbach oder AS Roma, wofür Herr Littmann als Gegenleistung 299 Bäume auf den Stadionrasen zu stellen sich verpflichtet hatte. Er wollte eine (utopische) Zeichnung des Tiroler Malers Max Peintner aus den siebziger Jahren in natura, das heißt: in Arena nachstellen und nannte diese »temporäre Kunstintervention« »FOR FOREST«. Diese Interventionsinstallation respektive Installationsintervention diente laut einhelliger Darstellung einheimischer Medien und der Politik a) der Bewusstmachung und Erinnerung an die latente Gefahr des Baumsterbens, b) der Erinnerung an Max Peintner, Joseph Beuys und Christo sowie der Herstellung international aufsehenerregender Fotografien, c) der Aufarbeitung und Imageverbesserung des Landes nach dem belasteten Jahrzehnt unter Jörg Haider sowie d) der Rettung des Planeten. Erhofft und erwartet hatte man sich wohl auch über Wochen ausgebuchte Hotels in Stadt und Land.

Partner Klaus Littmanns bei FOR FOREST, Sponsoren und Gesellschafter waren aber keine Greenpeace-Aktivisten, sondern die Baufirma Strabag, anonyme Schweizer Millionäre und ein Immobilienunternehmer, der schon vorher eifrig mitgeholfen hatte, das Wörthersee-Südufer mit Appartementklötzen zuzubetonieren. Nach der Rettung von Klima, Regenwald und Planet im Stadion wollte er zur Belohnung geschäftstüchtig weiterbetonieren, nämlich einen Campus mit Wohnungen und Büros in der Nähe von Stadion und Universität – und den neuen Betonklotz wollte er treffend FOR FOREST FOREVER nennen.

Über Erfolg oder Misserfolg des »Kunstprojekts« wurde genauso gestritten wie über die Installation selbst. Die Bilder sind wohl um die Welt gegangen, allerdings haben sie stets ein fast komplett leeres Stadion gezeigt. Die Veranstalter hingegen behaupteten gebetsmühlenartig mehr als zweihunderttausend Gäste – und die Medien kolportierten diese Zahlen beinahe täglich. (Ursprünglich hatte man auf eineinhalb Millionen gehofft.) Stimmen dürfte beides: Diese hunderttausend Gratisbesucher kamen nämlich binnen fünfzig Tagen zusammen, in denen das Stadion jeweils zwölf Stunden bei freiem Eintritt (und Tag für Tag allabendlich eingeschaltetem Flutlicht!) geöffnet war, und sie blieben zwischen fünf Minuten und einer halben Stunde: Das sind im Schnitt etwa drei Menschen pro Minute, alle zwanzig Sekunden einer … Ein Mensch & zweihundertneunundneunzig Bäume in einem zweiunddreißgtausend Zuschauer fassenden Stadion: Das ergibt genau die Bilder, die du jetzt googlen kannst und über die sich zahllose Kabarettisten aus nah und fern lustig gemacht haben. Die deutsche *Bild* titelte: »Da hat wohl der Platzwart gepennt!« Würde man freilich auf diese Weise die Stadtbevölkerung zählen, dann hätte Klagenfurt sechseinhalb Millionen Einwohner und wäre die drittgrößte Metropole Europas. Die Journalistin des *St. Galler Tagblatts* – wie Hunderte Journalisten hierher eingeladen (wortwörtlich: bezahlt) – fragte sich: »Spinne ich, wegen eines künstlich aufgebauten Waldes in einem Stadion nach Klagenfurt zu fliegen? Beim Blick auf die bewaldeten Berge und Hügel Kärntens und angesichts der üppigen Vegetation am Wörthersee kommt einem das Herankarren von Bäumen quer durch Europa vor, wie wenn man mit PET-Flaschen Wasser in den Rhein trüge.«

Die städtischen Hotelbetten hat der Superschildbürgermeisterstreich jedenfalls nicht gefüllt. Es gab im Vergleichszeitraum mit dem Vorjahr sogar ein Nächtigungsminus. Aber niemals ist ein Großbauvorhaben ungewöhnlicher – um nicht zu sagen: penetranter, unverschämter, verlogener, medienterroristischer und fußballfeindlicher – mittels Hausfriedensbruch auf Regierungsebene avisiert worden. Als die malträtierten Kratzbäumchen schließlich wieder von ihrem Parkett gezerrt, auf Lastwagen geladen und quer durch Österreich abtransportiert wurden, jammerten sie einer wie der andere für jeden echten Natur-, Kunst- und Fußballfreund hörbar: »Oh, wie ich litt, Mann!«

Unmittelbar nach dem Ende von FOR FOREST war es dann auch mit FOR FOREST FOREVER wieder vorbei. Es wurde in den Medien sehr schnell still um den Schweizer Initiator und den Immobilienunternehmer. Keine drei Monate nach seinem Ende war in Zusammenhang mit dem Jahrhundert-Klimaschutz-Kunstnachstellkunstprojekt wenn überhaupt, dann nur über Klagen und Prozesse zu lesen, die Gläubiger gegen die zahlungssäumige »For Forest gemeinnützige GmbH« angestrengt hatten. So. Damit verabschieden wir uns wieder für zehn Jahre vom Stadion.

Wenn du nach links, in Richtung Süden, in Richtung Karawanken abzweigst und den Südring überquerst, kommst du nach zweihundert Metern zur Sattnitz, einem Bach, der Klagenfurt im Süden umfließt und von einem Radweg begleitet wird. Eine Abzweigung führt weiter nach Viktring, nur wenige Hundert Meter vom Stadion entfernt, eine ältere Ansiedlung als Klagenfurt und mittlerweile de facto auch schon ein Stadtteil. Bedeutend ist vor allem das ehemalige Zisterzienserstift, in dem heute ein Musikgymnasium und das Musikforum untergebracht sind, das im Sommer Veranstaltungen bietet.

Radelst du beim Stadion aber geradeaus weiter, kommst du sofort zur funkelnagelneuen Sir-Karl-Popper-Straße, die sich ihren Weg durch funkelnagelneue Gemeindebauten bahnt. (Mittlerweile ist die Straße also zehn Jahre alt, aber zehn Jahre sind stadthistorisch doch noch nicht so viel, dass man das schöne Wort funkelnagelneu streichen müsste. Bei der nächsten Ausgabe vielleicht.) Ob dort viele Sirs oder gar Popperianer wohnen, die die Maxime *Alles Leben ist Problemlösen* beherzigen, kann ich persönlich weder verifizieren noch falsifizieren. Zwar ist Sir Karl Popper kein Klagenfurter. Zwar hat Sir Karl Popper nicht in Klagenfurt gelebt und nicht in Klagenfurt gelehrt und liegt auch nicht in Klagenfurt begraben. Aber die Stadt Klagenfurt hat aus seinem Nachlass die Sir-Karl-Popper-Bibliothek angekauft und der Universität zur Beforschung zur Verfügung gestellt. (Wie weit die sind und welche Fortschritte sie in den letzten zehn Jahren gemacht haben, weiß ich nicht. Aber frag doch du einmal nach! Dir gibt man sicher gerne Auskunft!) Unter einer Sir-Karl-Popper-Bibliothek darf man sich natürlich nicht die Bücher, Manuskripte, Schriften, Publikationen von Popper selbst vorstellen, sondern die Bücher, die Popper gelesen und in denen er vielleicht die eine oder andere Stelle unterstrichen hat. Im Popper-Raum der Universitätsbibliothek findet man nun Bücher, die man außerhalb auch finden würde, nur dass hier Popper dann und wann an den Rand geschrieben hat: »Jawohl!«, »Super!«, »Genau!«, oder aber auch: »Nein!«, »Falsch!«, »Schwachsinn!«.

DIE UNIVERSITÄT

Die Popper-Straße verliert sich anders als noch vor zehn Jahren nicht mehr im Nirgendwo, und nach ein paar Hundert Metern auf dem Radweg durch noch nigelnagelneuere Wohnblöcke, wo früher Forest, Feld und Acker waren, fändest du dich in der Eberhard-Kranzmayer-Straße (benannt nach dem großen Klagenfurter Sprachforscher) und damit bereits im Uni-Viertel wieder. Nehmen wir die Universität von da aus kurz in Augenschein: jene Universität also, die nicht wie in anderen Städten im Zentrum zum Beispiel anstelle (und an der Stelle) des Messerummelplatzes, sondern als Campus am Stadtrand gebaut wurde – wo in anderen Städten der Messerummelplatz ist. Aber die Gründer wollten eine Universität in Seenähe und im Grünen. Deswegen war sie anfangs auch ein Fremdkörper.

Zunächst bestand die Universität nur aus einem einzigen kleinen, ebenerdigen Gebäude, dem sogenannten Vorstufengebäude ganz im Westen des Areals, das heute noch existiert. Dort kann man auch noch die unverhältnismäßig großen Toilettenräumlichkeiten bewundern, die sich dem Gerücht zufolge so erklären, dass man auf die Toiletten beim Bau ursprünglich ganz einfach vergessen hat und man daher zwei reguläre Seminarräume opfern musste, einen für Damen, einen für Herren. Aber gut: Wer nach den Sternen greift, kann schon dann und wann einmal das Irdische übersehen.

Die Universität ist noch sehr jung: fünfzig Jahre summa summarum. Der reguläre Lehrbetrieb begann 1974 – gerade rechtzeitig, dass ich hier immatrikulieren, inskribieren, mein Studium absolvieren und auch abschließen konnte. Hätte man sich auch nur ein paar Jahre länger Zeit gelassen, dann hätte ich wie so viele Landsleute vor mir nach der Matura die Stadt und das Land verlassen und nach Graz oder Wien gehen müssen. Womöglich wäre ich wie so viele Landsleute nie wieder oder nur zum Elternbesuch zurückgekommen. Vielleicht hätte ich dann das eine oder andere über Graz oder Wien zu erzählen, aber dieses Klagenfurter Stadtporträt hätte ich in dem Fall natürlich nie schreiben können.

Die erste Generation des Lehrpersonals musste fast zur Gänze von auswärts berufen werden: Die neuen Klagenfurter Lehrstühle wurden mit Professoren, Dozenten und Assistenten aus Wien, Oberösterreich, Tirol und Vorarlberg, ein paar auch aus Deutschland besetzt. Kärnten und Klagenfurt wurden also intellektuell missioniert, und gerade in der Anfangszeit haben die Ureinwohner das eher als Demütigung denn als Auszeichnung empfunden. Nach und nach gewann dann aber doch ein gewisser Stolz darauf die Oberhand, dass im Land Akademiker aus dem Land produziert werden, auch um den Preis des Wermutstropfens, dass das Land noch nicht so recht weiß, was es mit den Akademikern anfangen soll. Die neueste Statistik aus dem Jahr 2018 enthüllt nun demoskopisch: Fast die Hälfte aller Professoren an der Klagenfurter Uni sind auch heute Deutsche! Anteilsmäßig mehr als irgendwo sonst in Österreich! Wird bald der ganze Kärntner Geist deutsch sein? Früher sind die Dozierenden eben aus Vorarlberg und Oberösterreich gekommen: Welser haben Kötschach-Mauthner, Kleinwalsertaler Feistritzer intuellektualisiert! Aber Bregenz ist von Klagenfurt zum Beispiel viel weiter entfernt als München, und Zugereiste bleiben Zugereiste, wie der Wiener sagt. Der Rector magnificus ist übrigens Wiener.

Die ehemaligen Lehrenden waren oft aus Hintersiebenbergensituationen gekommen und hatten daher ein Ohr für die hiesige Hintersiebenbergensituation, für die Knechtschaft ihrer Schützlinge (und Magdschaft ihrer Schützlinginnen). Deutschland hingegen ist ein weites Land, nicht nur mit Schnitzler gesprochen.

Aber die Sorge ist groß: Kennt sich ein deutscher Germanist auf der Klagenfurter Uni mit der Wiener Kaffeehausliteratur aus? Germanisierung der Germanistik – ausgerechnet achtzig Jahre nach dem »Anschluss«? Da schrillen die Alarmglocken! Aber keine Sorge! Dank des Romans eines in Kärnten lebenden Autors weiß heute jedes Kind und jeder deutsche Germanist, dass der Wiener Kaffeehausliterat Egon Friedell am Tag nach dem »Anschluss« am 16. März 1938 aus Verzweiflung in den Tod gesprungen ist: Eine österreichische Menschenmasse hatte am Wiener Heldenplatz dem großen Diktator zugejubelt in der Meinung, »Anschluss« bedeute, dass Deutschland jetzt an Österreich angeschlossen würde. Und bis heute leben außerdem Kaffeehausliteraten in Wien, die dort praktisch nur über die Kärntner Seele schreiben …

Wir bieten unseren deutschen Wissenschaftlern also Material in Hülle und Fülle. Ob die germanischen Germanisten in Austria und Carinthia ihrem Klischee entsprechend fleißig und gewissenhaft genug sein werden, die Literatur des wangenroten Jünglings gründlich zu erforschen und auch zu vermitteln, da kann man mittlerweile leider Bedenken haben. Eine Studentin, die um Betreuung ihrer Doktorarbeit über Heimito von Doderer bat, hörte vom deutschen Lehrstuhl an einem österreichischen Institut herab die Ablehnung: »Ich mache keine Regionalliteratur.« Wenn das so ist, dann geht die österreichische Literaturgeschichte *Owe den Boch*. Stürzend hat Dr. Friedell übrigens prophezeit, nach den Deutschen werden die Chinesen kommen: Chinesische Wörtherseegermanisten: Das wird lustig!

Zuerst hieß sie »Universität für Bildungswissenschaften«, bildete hauptsächlich Lehramtskandidaten aus und galt als politisch linkslastig – diametral entgegengesetzt zur Bevölkerung und ihrer (obgleich nominell sozialistischen) Führung. (Davon ist heute nur noch der Universitätskulturverein Unikum übrig geblieben.) Dann hieß sie »Universität Klagenfurt« bis zur neuerlichen Umtaufe in »Alpen-Adria-Universität«. In den ersten fünfzig Jahren ihres Bestehens ist sie sowohl baulich als auch gesellschaftlich extrem gewachsen (und mit der Stadt zusammengewachsen. Von der Universität im Sumpf spricht heute niemand mehr.).

»›Die Wissenschaft und ihre Lehre ist frei‹: So ist es, nach vollbrachter Generalsanierung, in der Eingangsaula der Universität Klagenfurt zu lesen. Und so steht es im Staatsgrundgesetz von 1867, das bis heute Teil der österreichischen Bundesverfassung ist«, informiert der Rector magnificus, nebenbei Kolumnist einer hiesigen Tageszeitung, der sich insofern ganz zu Recht als mein Kollege bezeichnen darf. Manch ein Volksschullehrer, der hier ein Senior-Studium absolviert, mag vielleicht denken: Wissenschaft und Lehre, zwei Nominative, beide zusammen also Plural, der verlangt, dass man das Prädikat bei der Konjugation in den Plural setzt, sodass es heißen müsste: Wissenschaft und Lehre *sind* frei! Aber was weiß ein Volksschullehrer schon von der Bundesverfassung? Per aspera ad astra, Herr Lehrer! Quod licet Iovi, non licet bovi! Hauptsache frei! Und von der bildungs- und geisteswissenschaftlichen hat sie sich zu einer hauptsächlich wirtschaftswissenschaftlichen Universität gewandelt. Die heutigen Studierenden sind ein internationales Publikum. Im neuesten Zubau an der Südfront befindet sich nun auch ein würdiges Auditorium maximum, wo nicht nur Sponsionen und Promotionen zelebriert werden, sondern gelegentlich auch große politische, kulturelle oder kabarettistische Veranstaltungen stattfinden. Und daran wieder hat man den Lakeside Park gebaut, eine Designerbarackensiedlung für sogenannte New-Economy-Unternehmen, über dessen Finanzierung ich leider erst in späteren Auflagen erschöpfend Auskunft geben können werde.

Nach tausend Jahren wird man vielleicht besser beurteilen können als nach fünfzig, wie viel Prominenz – sei es als Lehrende, sei es als Lernende – in den heiligen Fertigbauteilhallen der Alma Mater akademisches Leben internalisiert haben, aber einen (umstrittenen) Finanzminister hat die Alpen-Adria-Universität auf alle Fälle schon hervorgebracht, und zum Beispiel Thomas Macho ist im gegenwärtigen philosophischen Leben des deutschsprachigen Raumes eine fixe Größe. Von Anbeginn der Universität bis zum Ende des Sommersemesters 2007 hatte den Lehrstuhl für mittelhochdeutsche Philologie der Schriftsteller Alois Brandstetter inne, ein gebürtiger Oberösterreicher, der aus Saarbrücken zugezogen war. Mein befreundeter Lehrer und gelehrter Freund hat hier – meistens in den frühen Morgenstunden in seinem Büro – einen großen Teil seines umfangreichen Werkes geschaffen: *Die Abtei, Die Burg, Zu Lasten der Briefträger, So wahr ich Feuerbach heiße, Vom Manne aus Eicha* oder *Cant läßt grüßen*, um nur ein paar wenige Titel zu nennen. Auch topografisch pendelt er in seinen Büchern zwischen seiner oberösterreichischen Heimat und seiner Wahlheimat Kärnten. Aber schon dem frühen Roman *Altenehrung* dient das Klagenfurter Landhaus als Umschlagillustration. Alois Brandstetter ist bis heute – über achtzig – literarisch aktiv. Sein letzter, überaus empfehlenswerter Prosaband trägt den Titel *Lebenszeichen*.

Ich war bei Weitem nicht der einzige Jüngling, der dem Herrn Professor diskret seine eigenen Manuskripte mit der Bitte um (möglichst lobende) Beurteilung zugesteckt hat. Ein weiterer war ein damals ebenfalls junger Mitarbeiter der Universität im administrativen, nicht wissenschaftlichen Dienst: Josef

Winkler. Viele Jahre später, bei seiner Emeritierungsfeier, standen sowohl Josef als auch ich als Laudatoren für Alois Brandstetter auf dem Podium. Er selbst wäre viel zu bescheiden und würde sofort abwinken, aber wenn man bei einer neuerlichen Umbenennung einen Namenspatron für die Universität sucht: Sein Name wäre keine schlechte Wahl. Die Alpen und die Adria würden es locker verkraften.

Länger als die Universität gibt es die Tennisplätze nördlich davon, aufgeteilt auf zwei Vereine, nach österreichischer Proporz-Tradition einer dem linken, einer dem bürgerlichen politischen Lager verpflichtet. Auf dem Centre-Court des KLC schwang, bis das Attentat auf ihn verübt wurde, der damalige Landeshauptmann Wagner das Racket, auf dem Centre-Court der Union bei einem Turnier der damals noch unbekannte, blutjunge Ivan Lendl und viele Jahre später der damals schon ältere und ziemlich beleibte Horst Skoff, gebürtiger Klagenfurter und in Kühnsdorf, keine halbe Stunde von Klagenfurt entfernt, wohnhaft, einer der erfolgreichsten Daviscupper, die Österreich jemals hervorgebracht hatte. 1989 besiegte er im Daviscup-Viertelfinale den Schweden Mats Wilander nach sechs Stunden und vier Minuten mit 6:7 / 7:6 / 1:6 / 6:4 / 9:7. Es war das längste Match in der Daviscup-Geschichte nach Einführung des Tiebreaks. Im selben Jahr besiegte er beim Turnier in Hamburg Goran Ivanišević und im Semifinale Boris Becker, ehe er im Finale Ivan Lendl unterlag. Seine beste Weltranglistenposition war Platz achtzehn im Jahr 1990. Missgünstigem Publikum sagte er einmal: »The more you whistle, the better I play!« Ein Satz wie ein Programm für einen Künstler. Ebendort, in Hamburg, verlor er neunzehn Jahre später noch ein Finale: Dort nämlich starb Skoff am 7. Juni 2008 unter mysteriösen und nie restlos aufgeklärten Umständen, bloß neununddreißig Jahre alt. Sein Leben war ebenso kurz wie ereignisreich, und es lieferte prächtigen Stoff für einen Roman. Bloß eine Woche vor seinem Tod spielte Skoff hier auf den Union-Plätzen noch ein Landesligamatch, und wenn man eines Tages hier am Eingang sein Denkmal enthüllt, wäre es keine Geschichtsfälschung, wenn man nicht den Skoff aus dem Jahr 2008, sondern den von 1989 modelliert. Wenn es so weit ist, werde ich spätere Auflagen gerne entsprechend aktualisieren.

Jetzt aber schnell wieder über den Loreleisteg zurück: Denn wenn Klagenfurt schon im Uni-Viertel südlich der Lend wie eine internationale Stadt anmutet, dann erst recht nördlich der Lend in Minimundus, der kleinen Modellbauwelt mit etwa hundertfünfzig Exponaten aus aller Welt, deren Besichtigung ich dir dringend ans Herz legen möchte: Hier kommst du in drei Stunden um den ganzen Planeten und ersparst dir nicht nur unfassbare Summen an Flugkosten, für Hotels oder Restaurants, sondern auch Jetlag, Flugangst (neuerdings auch Flugscham), Klimaschock, Impfungen, elendes Warten bei Check-in und Sicherheitskontrollen, Staus, verstopfte Fußgängerzonen, Unannehmlichkeiten mit Behörden und Ähnliches. Das Schloss Miramare vor Triest steht neben der Kathedrale Sagrada Família von Barcelona, Gaudís Casa Milà und der Akropolis in Athen; die Kirche von Heiligenblut neben dem Schloss Neuschwanstein; der Bahnhof von Maria Elend neben der Oper von Sydney; die Nationalbibliothek von Ljubljana neben der Michaeliskirche von Hamburg; die Universitätsbibliothek von Mexico City neben dem Tadsch Mahal; das Schatzhaus von Petra neben dem Grazer Schlossberg; der Torre de Belém am Tejo am Eingang von Lissabon direkt neben dem Palazzo Vecchio auf der Piazza della Signoria in Florenz (Pessoa meets Dante in Klagenfurt!). Gaudís prächtige sandsteinfarbene Sagrada Família ist schon insofern interessant, als das Original in Barcelona ja noch im Bau steht und gemäß den Schätzungen der Bauherren erst im Jahr 2026 fertiggestellt sein wird. Für Klagenfurt natürlich eine enorme logistische Herausforderung, das Modell Jahr für Jahr im selben Tempo mitzubauen wie das Original. Die große Sagrada Família in

Barcelona wird übrigens ausschließlich aus Spenden der Gläubigen errichtet. Das würde bei der kleinen in Klagenfurt nicht funktionieren. Wenn die beiden aber eines Tages fertig sind, gibt es sicher da und dort ein großes Fest.

Jede Saison kommen ein, zwei neue Modelle dazu, und so hätte die Sammlung mit den Jahren die Grenzen des Areals längst gesprengt, zeigte man das eine oder andere Prunkstück nicht auch woanders her. Vor zehn Jahren, bei der Erstausgabe zum Beispiel, waren gerade der Dresdner Zwinger und Big Ben auf Tournee. Der Zwinger ist noch immer irgendwo unterwegs, aber Big Ben und sogar die Tower Bridge sind anlässlich der Hochzeit von Prinz Harry zurück nach Hause, nach Minimundus gekommen! Always victorious, happy & glorious! Manche Bauwerke sind aber auch in Modellform zu groß und zu schwer, um transportiert zu werden, zum Beispiel der Eiffelturm oder der Petersdom mitsamt dem Petersplatz und Berninis kreisförmigen Säulengängen. Im Winter ist Minimundus zwar geschlossen, aber da ja auch die Blätter von der Hecke am Zaun fallen, kann man als Zaungast das eindrucksvolle Bild konsumieren, wie der ganze Vatikan mit Holzbrettern überdacht ist. Für Kinder sind die beweglichen Modelle von größtem Interesse, die Züge, Zahnradbahnen, die Wiener Straßenbahn, die Wuppertaler Schwebebahn, die Schiffe und Dampfer, zum Beispiel das Wörtherseeschiff *Thalia*, eines der letzten Schraubendampfschiffe Europas und das einzige Modell aus Klagenfurt in Klagenfurt, das sich sein Gewässer mit dem Raddampfer *Natchez* aus New Orleans teilt, vor allem aber natürlich das Spaceshuttle in Cape Canaveral, das einmal pro Stunde mit viel Rauch und großem Getöse in den Weltraum aufbricht, allerdings nur etwa eineinhalb Meter, dann ist die Reise wieder vorbei. Dafür ist das Spaceshuttle nach dem Start noch nie explodiert. Die Crew ist nullköpfig und noch nie ums Leben gekommen.

Mich selbst beeindruckt an Minimundus, wie du in meinem frühen Roman *Schreckliches Kind* nachlesen könntest, am meisten, dass diese Welt vollkommen menschenleer ist, von den außerirdischen Riesenschaulustigen einmal abgesehen: »Nirgendwo in all den Kathedralenlabyrinthen und Prunkbautenschluchten auch nur ein Verschnupfter, ein Arbeitsloser, ein Mittelloser, ein Kranker, ein Verzweifelter, ein Einsamer, ein Gequälter, ein Betrogener, ein Hoffnungsloser, ein Sterbender. Kein Fluchender vor den Regierungspalästen, kein Drogensüchtiger in der U-Bahn-Station Karlsplatz, kein Obdachloser vor dem Brandenburger Tor. Venedig und der Dogenpalast stehen felsenfest; praktisch niemals Aqua alta. Die Chinesische Mauer ist keineswegs über Jahrhunderte und unter den verschiedensten Dynastien von dreihunderttausend chinesischen Soldaten und fünfhunderttausend ausgezehrten chinesischen Zivilisten unter Ozeanen von Schweiß, unsäglichen Anstrengungen und unvorstellbaren Opfern und körperlichen Qualen erbaut worden, sondern von einer Handvoll Villacher Schüler der Nachmittagsneigungsgruppe Modellbasteln in der Höheren Technischen Lehranstalt. Vor Allerheiligen wird die ganze Welt eingepackt und sieht dann bis Ostern aus wie ein Gesamtkunstwerk von Christo.«[31] Ins Areal integriert ist ein Planetarium, daneben befindet sich ein Reptilienzoo.

Auf dem freien Areal nördlich von Minimundus hätte ursprünglich das neue Fußballeuropameisterschaftsstadion erbaut werden sollen, ist es aber nicht. Dann hätte dort die neue Eishalle des KAC erbaut werden sollen, ist sie aber nicht. Nun soll das neue Hallenbad dort erbaut werden.

---

31 Egyd Gstättner: Schreckliches Kind. Edition Atelier, Wien 1998, S. 17.

DIE BUCHT

Im Westen schließt an Minimundus der Europapark, der Central Park der Klagenfurter, den die Jugendlichen kurz E-Park nennen: ein asphaltierter Skaterplatz, Beete mit exotischen und einheimischen Pflanzen, ein Gehege für Pfau und Kaninchen, ein Teich mit Café am Ufer, eine Fontäne, wenn auch nicht ganz so hoch wie die, die aus dem Genfer See spritzt, ein Hügelchen, der »Monte Auwi«, benannt nach dem Bürgermeister, unter dem der Sumpf trockengelegt, der Park errichtet und das Uferverbauungsverbot beschlossen wurde, ein Kinderspielplatz, große Rasenflächen, auf denen Jugendliche Fuß- oder Federball spielen oder einfach nur im Gras liegen, sich sonnen, Wolken schieben und die Seele baumeln lassen. Während der Fußballeuropameisterschaft befand sich hier eine der offiziellen Fanzonen. Aber wie gesagt: Es war eine Fanzone ohne Fans. An den E-Park wiederum schließt im Westen ein Campingplatz – und neuerdings wieder eine Minigolfanlage.

Wenn wir das neue Seeparkhotel mit seiner markanten, ein wenig an einen gebogenen Eierkarton erinnernden Fassade südlich des Europaparks und der Lend hinter uns gelassen haben, nähern wir uns unaufhaltsam dem unbestrittenen Naturhöhepunkt Klagenfurts: dem Wörthersee! (Das heißt jetzt nicht, dass du gleich jodeln musst: Holioliolio-holioliolioööh! Man kann sich ja auch still freuen.) Ob zu Wasser oder zu Land: Immer geradeaus der Lend entlang kommst du zum Bootshafen, zum Schloss Loretto (neben dem Bad Loretto, der Kapelle Loretto, dem Schlosspark Loretto, dem Fischrestaurant Loretto mit köstlichen Reinanken und prächtigen Sonnenuntergängen auf der Seeterrasse im August) auf dem künstlichen Halbinselchen Loretto – ein Locus amoenus par excellence. Bei Loretto münden sowohl die künstliche Lend als auch die natürliche Sattnitz in den See.

Hier in Loretto hat ein paar Jahre lang der sogenannte »Stille Silvester« stattgefunden.[32] Hier hat Elisabeth Matrei alias Ingeborg Bachmann mit ihrem Vater im Regen gebadet, hier etablierten die deutschen Juroren nach Bachmanns Tod während des Bachmannpreises Ende Juni ihr inoffizielles (Nacht-) Tagungsbüro.[33] Und hier in Loretto hat schon vor über hundert Jahren, in den ersten Sommern des zwanzigsten Jahrhunderts der Diener Anton seinen Herrn Gustav Mahler abgeholt und im Kahn zu seiner Villa am Südufer übergesetzt. (Die Wörthersee-Südufer-Straße war damals erst im Bau, und man war zu Wasser schneller.) Genau die Strecke, die wir gerade absolviert haben, diesen vier Kilometer langen Weg den Lendkanal entlang stadtauswärts, hat Mahler zuvor immer wieder per pedes absolviert: Sei es, dass er in der Stadt Besorgungen gemacht hat oder beim Friseur oder auf dem Postamt gewesen ist, sei es, dass er im Café Schieder gefrühstückt oder im Café Österreichischer Hof Zeitung gelesen hat. (Beide gibt es heute leider längst nicht mehr.) Der Hofoperntheaterdirektor, Kapellmeister und Symphoniekomponist Gustav Mahler hat in seiner Villa direkt am Wasser gemeinsam mit seiner Familie die Sommer zwischen 1901 und 1907 verbracht. Im Wald oberhalb der Villa hatte Mahler noch eine vom Ufer aus nicht sichtbare, versteckte kleine Hütte, sein *Komponierhäusl*, sein *study on the kogel:* ein einziges, nicht unterkellertes, aufgemauertes Zimmer mit drei Fenstern, einer Tür und Schrägdach. Hier herauf kletterte er jeden Tag frühmorgens durch das unwegsame Gelände, um in größter Stille und Einsamkeit zu komponieren. Der

32 Egyd Gstättner: Das Mädchen im See, S. 144 ff.
33 Ebd., S. 125 ff.

Sommer war schließlich die einzige Zeit im Jahr, wo Mahler, von den übrigen beruflichen Verpflichtungen befreit, Gelegenheit zu seiner eigentlichen schöpferischen Arbeit hatte. Hier in der Splendid Isolation entstanden die *Kindertotenlieder* und große Teile der Sechsten Symphonie. Die Mahler-Villa ist heute in Privatbesitz und auch auf dem öffentlichen Grund davor weisen bis dato leider weder Schautafel noch Gedenkstein auf die Bewandtnis und die Geschichte der Villa hin. Aber wer weiß, vielleicht geschieht das noch …

Das Komponierhäusl aber wurde bereits total verfallen und vergessen vor dem Abriss bewahrt und restauriert. Es ist heute ein kleines Museum und öffentlich zugänglich. Aus den Lautsprechern, die an der Außenfront des Komponierhäusls angebracht worden sind, schallen nun von April bis Oktober die Paukenschläge der Sechsten Symphonie durch den Wald, und zwischen den Bäumen blinzelt der See herauf.

Seit Gustav Mahler kann sich hier am Wörthersee-Südufer kein Künstler mehr eine Villa leisten. Gegen die Reichen und Schönen haben die Schöngeister und Geistreichen erst im Herbst wieder eine Chance.

Das Zentrum der Klagenfurter Bucht ist das städtische Strandbad – angeblich das größte Seestrandbad Europas –, erbaut 1927 mit seinem markanten Eingangsgebäude, sozusagen dem Brandenburger Tor des Wörthersees. Die Kabinentrakte links und rechts davon wirken ein wenig wie die Strafanstalt Karlau. Dagegen die pittoresken weißen Umkleideknusperhäuschen auf der Liegewiese in Reih und Glied, manche davon sogar mit einer winzigen Veranda – wie geschrumpfte Südstaatenvillen wirken sie! Herzallerliebst! So eine müsste man bekommen als großer Sohn der Stadt! Aber nicht erst postum! Postum zieht man sich ja nicht mehr um!

Robert Musil hat seinerzeit das Wort *spazierenschwimmen* erfunden, und die Stadt hat es sich im Tourismusprospekt gleich angeeignet, auch wenn Musil dabei wohl kaum an den Wörthersee gedacht haben wird. Aber spazierenschwimmen kann man im Wörthersee tatsächlich, von Loretto nach Maiernigg wie früher Gustav Mahler oder eben im städtischen Strandbad wie ich, der ich eine regelrechte Spazierschwimmsucht (© by me!) entwickelt habe. Genau genommen muss ein Kärntner Dichter Kärnten verlassen, will er auch außerhalb wahr- und auf Dauer ernst genommen werden. Nur ist er dann eben kein Kärntner Dichter mehr und wird nie und nimmer die Melancholie empfinden und beschreiben können, wenn am 30. September schwere schwarze Wolken am Himmel aufziehen und das Strandbad für eine Ewigkeit geschlossen, nachgerade verbarrikadiert wird; nie die Euphorie und das kindliche Frohlocken, wenn die *Zwischenkriegszeitbadeanlage,* wie das Bad auf der Messingtafel am Eingang immer noch genannt wird, am Muttertag endlich, endlich wieder öffnet – und er auf Facebook posten kann: Annuntio vobis gaudium magnum: Habemus lacum! (Sonst poste ich nichts.)

Drei Wege führen zum See, drei mächtige Holzstege führen in den See, im Süden wie im Norden von bewaldeter Hügellandschaft umrahmt, geradeaus nur scheinbar vom Pyramidenkogel mitsamt dem Pyramidenaussichtsturm auf seiner Spitze begrenzt. Denn dort macht der See unsichtbar bloß einen Knick und führt etwas weiter nördlich noch einmal so weit bis Velden. Hinter dem Pyramidenkogel zeichnet sich im Dunst der Dobratsch ab, weiter nördlich die Gerlitzen, winters ein beliebtes Skigebiet.

Der südlichste der drei Stege heißt KAC-Brücke, benannt nicht nach dem Eishockeyclub, sondern nach dem ebenfalls aus Holz gezimmerten KAC-Bad gleich daneben. Denn der Klagenfurter Athletiksport Club ist ein Verein mit vielen Sektionen, auch die Handballer gehören dazu, natürlich die Fußballer, die Fechter oder eben die Wasserballer. Die »mittlere Brücke« ist der Klagenfurter Catwalk. Hier findet von Anfang Juni weg eine unaufhörliche Misswahl statt. Die Jury besteht aus den Badegästen, die links und rechts vom Laufsteg auf Liegestühlen oder Handtüchern auf der etwa hundertfünfzig Meter langen Brücke aufgefädelt sind – besonders ernst nehmen ihre Aufgabe natürlich die Herren. Es wird gecastet und gecastet und gecastet, und wer tatsächlich Carinthia's Next Top Model wird, steht auch Ende September noch nicht fest. Die Entscheidung wird vertagt und auf nächstes Jahr verschoben. So geht das im Grund seit 1927. Zur Beruhigung des Trieblebens trägt die »mittlere Brücke« nicht gerade bei.

Dass auch in Klagenfurt die süßen Mäderln in ihren Tigerbikinis (ebenso wie ihre Verehrer) nicht ewig jung bleiben, sondern irgendwann einmal jung geblieben sein werden, beweist der dritte und nördlichste Steg, die »Bootsbrücke«. Ganz draußen auf dem Plateau treffen sich seit Jahr und Tag ein alter Schwabe und der alte, kauzige Slowene Friedrich (er heißt nun einmal so. Erfinden kann man das nicht), die beide seit vielen Jahren mit zwei jung gebliebenen Kärntnerinnen verheiratet sind und hier mit großer Leidenschaft über die jeweils aktuellen Fußballvorkommnisse fachsimpeln. (Auf allen drei Brücken gilt übrigens mittlerweile striktes Rauchverbot, wogegen Robert Musil nach dem Spazierenschwimmen ganz energisch protestiert hätte! Die Folge ist, dass es dem armen Trafikanten an den Kragen ging und er seine Tabak-Trafik in der Eingangshalle schließen musste. An ihrer Stelle findest du nun aber die »Bücherinsel« der Arbeiterkammer, sozusagen noch eine kleine See-Stadtbibliothek! Da hätte Musil gejubelt!)

Die Bootsbrücke ist nach dem Bootshaus daneben benannt, wo man Tretboote, Ruderboote, Elektroboote entleihen kann. Auf dessen Dach wurde einst die Café-Bar Sunset gebaut, die nach nur zweijährigem Bestand pleitegegangen und längst wieder abgebaut ist. Jetzt ist das Strandcafé ganz einfach wieder ein Strandcafé. Da setzen wir uns mit unseren coolen dunklen Sonnenbrillen hin, sonnen uns, trinken einen Cappuccino oder einen Aperol-Spritz, und ich lese dir eine kleine Geschichte vor, die den Wörthersee zu einer ganz anderen Jahreszeit vorstellt:

EIN WINTERMÄRCHEN AM WÖRTHERSEE

Die österreichische Riviera, der österreichische Ozean, der Wörthersee ist zugefroren, und zwar komplett von Klagenfurt bis Velden – das erste Mal seit über zwanzig Jahren! Wie und warum der See das macht, das ist eine eigene Wissenschaft und ein großes Geheimnis, das in allen Einzelheiten nur er selbst kennt. Zuerst muss es schon im November sehr viel schneien, damit das Wasser richtig auskühlt. Dann muss es im Dezember und im Jänner schrecklich kalt sein, bis sich gegen Ende des Monats eine Eisschicht bildet, und dann darf es auf gar keinen Fall mehr schneien. Heuer ist alles so eingetroffen. Jetzt kommen Menschenmassen wie im Sommer an die Seeufer, Busse aus Udine und Judenburg, Maribor und Wien stehen auf dem Strandbadparkplatz. Und allen Gästen bietet sich das gleiche, ganz unglaubliche, famose Bild: Tausende und Abertausende Menschen – aus der Ferne nur als kleine schwarze Striche zu erkennen – wandeln in einer Kolonne über den See, bis sie sich am Horizont im weißen Dunst verlieren. Links und rechts der Bahn zischt immer wieder einmal ein alter roter Käfer des Eislaufvereins Wörthersee vorbei.

Wer dieses fast biblische Bild einmal gesehen hat, wird es sein Leben lang nicht mehr vergessen, nicht nur wegen seiner Digitalkamera, mit der er es wieder und wieder einzufangen versucht. Ganz passt die Natursensation aber beim besten Willen nicht aufs Display. Als die Menschenkolonne das letzte Mal über den See lustwandelte, gab es noch gar keine Digi-Kameras, keinen PC, kein Internet, keine iPhones. Wie weit die Menschheit sein wird, wenn die nächste Kolonnenwanderung über den See möglich sein wird, kann niemand sagen, weder die Experten noch die Klimaforscher, weder die Eismeister noch die Dichter. Also schnell! Jetzt oder nie! (Leider, leider. Im letzten Jahrzehnt ist der See kein einziges Mal mehr zugefroren.)

Die Menschen kommen mit allem, was sie haben, auf das Eis: mit Kind und Hund und Kinderwagen, mit Fahrrädern und Schlitten, mit Eishockeyschlägern, Spazierstöcken und Notebooks. Hoch oben am Himmel ziehen Flugzeuge Transparente nach. Die sommerlichen Badenixen sind jetzt Eisprinzessinnen mit Pelzkrägen und Pudelmützen. Auch du betrittst den See also wie im Sommer in der Ostbucht im Klagenfurter Strandbad und fährst und fährst und fährst. Links Loretto, rechts der Schrottenturm, links die Mahler-Villa, rechts der Krumpendorfer Jachthafen, rechts Kap Sekirn, die Reifnitzer Bucht und das Schloss. Schwimmend schaffst du das nie! Aber jetzt schwebst du ja über das gefrorene Wasser. Die angemessene Weise einer Seereise ist nun einmal auf dem Wasserweg: entweder mit dem Schiff oder mit den Eisschuhen. Immer hast du die winterliche Seenlandschaft im Blick, Walterskirchen und den Pyramidenkogel. Schwerelos gleitest du dahin, leise machen deine Schlittschuhe »Schlapp! Schlapp! Schlapp!«. Da vorne taucht die idyllische Halbinsel von Maria Wörth auf, die Kirche, der Kirchfriedhof und der Gedenkstein meiner alten Braut Ottilie. Auf der anderen Seite Pritschitz, Pörtschach, die Kapuzinerinsel, die Schlangeninsel. Schau jetzt nach links, sonst schaust du Peter Alexander beim Schlafzimmerfenster hinein. Das gehört sich nicht! Update 2020, Logbuch Nachtrag: Peter Alexander ist 2011 verstorben (er liegt ganz in der Nähe von Gustav Mahler vom Südufer begraben, aber in Grinzing, in Wien), ebenso sein Sohn, der Erbe der Villa. Vielleicht leben jetzt seine Enkel da, das weiß ich nicht. Aber Geschichte bleibt Geschichte.

Aber es stimmt schon: Niemals hat man einen besseren Einblick in die Villen und Seegrundstücke der Reichen und Schönen, die jetzt wahrscheinlich gerade in Kitzbühel oder auf den Malediven sind. Ab hier Spiegeleis bis nach Velden, bis zum Casino und zum Schlosshotel. Kaum eine Bewegung kann ein derartiges Glücksgefühl erzeugen wie der schunkelnde Schlittschuhschritt an einem solch einmaligen Locus amoenus – eine einzige andere kann da mithalten, zu der braucht man aber einen weiblichen Partner. Ich spreche jetzt als Mann und Hetero. Unberührtes Eis ist schon insofern poetisch, weil es zum Schreiben einlädt – mit Kufen. Jeder Schritt, jeder Schwung ist als Linie auf dem Eis ablesbar. Eiskunstläufer bin ich zwar keiner, aber indem ich aus dem Vorwärtsgang mit einer schnellen Gewichtsverlagerung in den Rückwärtsgang wechsle und einen Halbkreis ziehe, gelingt es mir immerhin, hübsche Herzchen auf das Eis zu zeichnen, als wären mir zwei Füllfedern an die Fersen gewachsen. Welche Lust! Wenn freilich zu viele zeichnen oder schreiben, kann man nichts mehr lesen. Problem einer Literaturstadt …

Der Spazierlauf nach Velden ist auch eine kulturelle Freude: An beiden Ufern wimmelt es von Beispielen für die Wörtherseearchitektur: die Albatros-Villa, das Forstseekraftwerk, die Villa Edelweiß, die Villa Almrausch, die Villa Kointsch oder das Hotel Carinthia. Menschen sind jetzt überall auf dem See, auch wenn der Eislaufverein ihn nur bis Sekirn offiziell freigegeben hat. Ab dort sollte man bei allem Vergnügen auch dem Begründer der

Wörtherseearchitektur Franz Baumgartner einen Gedanken widmen, der beim Eislaufen auf dem zugefrorenen See eingebrochen war und um ein Haar ertrunken wäre. Und er war nicht der Einzige. Von unten ist das Eis gar nicht idyllisch, sondern schwarz, und einmal unter die Eisdecke hineingeraten, ist die Chance, wieder herauszufinden, verschwindend klein.

Heuer aber ist noch kein Draufgänger draufgegangen und auch das inoffizielle Eis scheint sehr stabil zu sein. Dreiundvierzig Jahre habe ich alt werden müssen, um auf Kufen von Klagenfurt über den See nach Velden zu kommen. Und ich habe den Rekord von Thomas Bohrer aus dem Jahr 1910 in Angriff genommen (eine Stunde und zwei Minuten, hin und retour) und habe fast hundert Jahre später fast dreimal so lang gebraucht. Aber es hat mir denselben Spaß gemacht. Vielleicht vergehen jetzt wieder Jahrzehnte, bis sich das nächste Mal eine solche Gelegenheit bietet. Vielleicht erlebe ich die gar nicht mehr.

Bleibe auf dem Rückweg noch einmal stehen, dreh dich um und genieße mitten auf dem See den Sonnenuntergang, die Dämmerung, das Abendrot: Ich spreche jetzt als Romantiker. Nie ist das Abendrot so feuerrot wie in diesen Februartagen, so kitschig schön und doch ganz einfach wirklich wahr. Dass das Eis unter deinen Füßen manchmal scheinbar unmotiviert lauttosend kracht, als wäre unten auf dem Grund des Sees ein Trommler am Werk, muss dich nicht beunruhigen. Es wächst. Sagt man. Die Eismeister vom Eislaufverein schneiden im Uferbereich dicke Platten aus dem Eis heraus (und überbrücken die so entstandenen Kanäle mit Holzstegen), um das Wachstum zu begünstigen und Risse und Brüche zu vermeiden). Dann fällt dichter Nebel über dem See ein wie im Altlondon Sherlock Holmes', du siehst gar nichts mehr und bist endgültig in einer anderen Welt. Wenn du die vierzig Kilometer tapfer absolviert, zum Abschluss einen Punsch oder eine heiße Schokolade mit Rum getrunken hast, wirst du gut schlafen und am Tag darauf etwas spüren, was du schon lange nicht mehr so intensiv gespürt hast: deine Oberschenkel. Das ist am ganzen Märchen das geringste Wunder.

So, ausgetrunken? Unglaublich, was? Ein Weltplatz! Jetzt gehen wir aber noch eine Runde schwimmen! Auf der Wiese, die im Süden an das Strandbad grenzt, fand seit 1996 das vom »Eventguru« Hannes Jagerhofer organisierte Beachvolleyballturnier statt. Jahr für Jahr wurde es gigantischer, und der Ahnherr des Spektakels hat auch schon die Ehrenbürgerschaft der Stadt erhalten. Im Vorüberschwimmen ließ sich registrieren: Der Aufbau des Stadions mitsamt den Tribünen für zehntausend Besucher dauerte fünf Wochen, der Abbau zwei, die Veranstaltung selbst eine: Aber zehn Monate im Jahr waren die Bilder, die vom Beachvolleyballstadion am Strand um die Welt gingen, wenn schon nicht falsch, so doch wortwörtlich utopisch, illusionistisch. Wer von Anfang September bis Ende Juni hierherpilgerte, um die berühmten Originalschauplätze zu sehen, bekam bloß das zu Gesicht, was hier tatsächlich war: das Hundebad mit integraler Hundebrunzwiese. Da, wo die brasilianischen Beachballschönheiten ihre straffen Schenkel zeigten und hinter ihren Popöchen geheime Fingerzeichen gaben, da folgen unterm Jahr Daisy, Jamaica, Mushashi – und wie die Hundedamen alle heißen – dem Ruf der Natur. Genau da, wo die VIP-Tribüne aufgebaut war, wo Prinz Albert und Udo Jürgens den VUPs zuwinkten, wo Niki Lauda mit dem Käppi wachelte, da wedeln normalerweise Bello und Struppi mit dem Schweif, und wo der junge Herr Saif Gaddafi das südländische Ambiente genoss, beschnuppern einander das Jahr über Flocki und Waldi beim Gassigehen. Nur aus Keuschheitsgründen muss ich verschweigen, dass ich die Hunde hier auch schon in der Hundestellung gesehen habe.

Genau dort, wo die VIPs beim extraordinären Buffet von Do & Co hinter den Kulissen ihre Geschäfte einfädeln, verrichten das ganze Jahr lang hinter den Sträuchern Susi und Strolchi ihr Geschäft. So selbstironisch also ist die liebe Stadt Klagenfurt, auch wenn viele von ihrer Selbstironie gar keine Ahnung haben. Alle strahlen vor Glück, bloß eine Frage bleibt im Raum stehen: Wohin gehen an den Hundstagen die Hunde?

(Logbuch 2020, Nachtrag: Nichts ist für die Ewigkeit, auch nicht Beachvolleyball! Sic transit gloria mundi! Gaddafi kommt nicht mehr, Udo Jürgens winkt der Menge nicht mehr zu, Niki Lauda wachelt nicht mehr mit dem Käppi, Friede ihren Seelen! Das ganze Beachvolleyballturnier ist weggezogen, niemand spricht mehr groß von »Image«, »Werbewert«, »Wertschöpfung«, »Umwegrentabilität«, »aufsehenerregenden Bildern, die internationale Beachtung garantieren«, der Magistrat erspart sich einen ganzen Haufen Geld für Aufräumarbeiten und Müllabfuhr – allerdings: wo das Geld jetzt hinfließt? Geblieben sind jedenfalls Susi und Strolchi, Flocki und Waldi. Und, gewissermaßen: Das Wörthersee-Mandl. Logbuch 2020, Nachtrag Ende.)

WEIN, WEIB UND GESANG

Der Bereich der Klagenfurter Bucht nördlich des Strandbads lässt sich mit den Schlagworten Wein, Weib und Gesang beschreiben. Man muss nur zum Hang des Kreuzbergls hinaufblicken und wird sehen, dass ein Stück Wald gefällt und durch ein langsam, aber unaufhaltsam wachsendes Stück Weinberg ersetzt worden ist. Wer weiß, vielleicht wird die Klagenfurter Merlot-Rebe eines Tages sehr berühmt. Spätere Auflagen dieses Führers werden darüber gerne Auskunft geben. Nachdem nicht nur aus Pietätsgründen generelles Alkoholverbot für Politiker erlassen wurde, bleibt jetzt jedenfalls das eine oder andere Flascherl für die Bevölkerung und ihre Gäste übrig. So viel zum Wein. Was das Weib betrifft, da hat die einheimische (männliche) Bevölkerung natürlich so gut wie gar nichts davon und überlässt alles und alle den Gästen. Die Rede ist vom Schloss Freyenthurn rechts vom Weinberg, das nächtens festlich beleuchtet weithin über die Bucht des Sees erstrahlt. Nur haben kein Rilke und kein Joyce hier Quartier genommen, kein Kafka ist draußen vor der Tür geblieben.

Wie für die Geschichte Kärntens nicht ganz untypisch ist es auch kein alteingesessenes heimisches Herrschergeschlecht (mehr), das hier über den Dächern der Stadt residiert und mit Weitblick über Wohl und Wehe seiner Bürger wacht, sondern eine Filiale aus Wien mit Geschäftsführer und Mitarbeiterinnen. Und worum geht es? Na ja, im Unterschied zum alten Wahrzeichen auf dem Neuen Platz, wo das Prinzip des Animalischen und der nackten Gewalt im Sumpf demonstriert wird, möchte man sich im neuen Wahrzeichen zu einer Verfeinerung der Sitten und den Raffinessen einer exquisiten Lebensart aufschwingen. Jedes einzelne Zimmerchen, jedes einzelne Türmchen im Schloss soll eine Anwaltei der Menschlichkeit werden. Nach über einem Jahrhundert, in dem immer wieder die Eigentümer wechselten und pleitegingen, sodass man schon fürchten musste, vom Gemäuer selbst ginge eine negative Energie aus, nach Irrwegen von Gesundheitszentrum bis Antiquitätenhotel ist das Schloss jetzt endlich aus seinem Dornröschenschlaf wachgeküsst worden – und viele, viele Dornröschen sind aufgewacht. Man ist, habe ich gehört, sehr um Seriosität bemüht, wie überall, wo es um grundlegende Tätigkeiten geht. Es soll ein Ort sein, wo man das Gemeinsame über das Trennende stellt, eine Art Kompetenzzentrum für multilateralen Austausch, der mit dem abgelutschten Schlagwort Völkerverständigung oder Osterweiterung vielleicht nur unzureichend beschrieben wäre. Hier treffen einander Menschen aus vielen Ländern, die doch *eine* Sprache sprechen, um eine Kultur des Miteinanders zu pflegen. Das gemeinsame Ziel sind Begegnungen im Zeichen der Freude. Einmal ehrlich: Du würdest ein Nobelbordell ja auch nicht anders beschreiben, oder? (Du würdest dich wundern, welche Promis hier schon abgestiegen sind! Das kann ich dir aber natürlich nur unter vier Augen berichten. Ruf mich einfach an und lade mich zum Abendessen ein!)

Gesang schließlich ist das Stichwort für die Seebühne am Metnitzstrand, auch eines der (Bau-)Werke der Ära Haider, das seinen Initiator nicht lange überdauert hat. Nachdem Salzburg seine Festspiele, Bregenz seine Festspiele, Mörbisch seinen Operettensommer und sogar St. Margarethen seine monumentalen Steinbruchopern hatte, wollten und konnten Klagenfurt, Wörthersee und Haider nicht nachstehen und hatten die an und für sich gute Idee, das idyllische Seenpanorama musikalisch-touristisch ebenfalls zu nützen und Wörtherseefestspiele aus der Taufe zu heben. Einzigartig sollte die Bühne dadurch werden, dass nicht nur der eigentliche Bühnen-, sondern auch der Publikumsbereich, die zweitausend Besucher fassenden Tribünen, auf dem Wasser schwimmen sollte.

Das Problem von Anfang an waren nicht nur die vielen abendlichen und nächtlichen Wärmegewitter im Juli und August oder die generell verregneten Sommer, die in Alpenbecken schon einmal vorkommen können, sondern vor allem auch die viel frequentierte Zugstrecke entlang des nahen Nordufers, die, Mitte des neunzehnten Jahrhunderts erbaut, den Tourismus in der Region überhaupt erst begründete und ermöglichte, den Kulturtourismus jetzt aber behinderte, wenn nicht verunmöglichte. Denn es macht sich akustisch nicht besonders, wenn in die empfindsamste Arie einer gerade sterbenden Schönen erbarmungslos der Nachtzug von Wien Hauptbahnhof nach Roma Termini hineindonnert. Die noch längst nicht aufgearbeiteten Skandale bei der Finanzierung von Seebühne und Seefestspielen sind ein anderes Kapitel.

In Windeseile geplant, gebaut und in Betrieb genommen wurde die Seebühne gleich nach Haiders Amtsantritt noch im Sommer 1999 – ursprünglich vom Stadttheater Klagenfurt unter dem damaligen Intendanten Dietmar Pflegerl, der zwei sehr beachtliche Produktionen auf die Beine stellte, *The Rocky Horror Show* (2000) und *Evita* (2001) mit Timna Brauer in der Rolle der Evita Perón. An ihr schieden und scheiden sich die Geister (wie an ihm). Für die einen war sie ein wohltätiger Engel der Armen, für die anderen nichts als eine Volksverführerin. Der Komponist Andrew Lloyd Webber lässt diese Frage in seinem Musical offen. Aber Dietmar Pflegerl ließ vor der Bühne das Zitat des Evita-Autors Tim Rice plakatieren: »Die einzige Botschaft, die uns am Herzen lag, lautet, dass Extremisten eine Gefahr für die Demokratie darstellen, die umso größer wird, je attraktiver sie sind.« Jörg Haider, bei der Premiere im weißen Anzug in der ersten Reihe, verstand, was gemeint war, war beleidigt und bestimmte das Ende der Ära Pflegerl am See. Aber alles, was danach kam, wurde künstlerisch immer miserabler und verschlang immer unheimlichere Unsummen an Steuergeld. Stellvertretend für andere kann hier der Name Renato Zanella stehen. Seit Jahren fand auf der Seebühne nur unerhebliches Tingel-Tangel-Theater statt, das kaum Beachtung fand. Die Seebühne verkam zu einem die Aussicht verstellenden Bretterverschlag, der elf Monate im Jahr nicht und im zwölften Monat auch nur fallweise bespielt wurde. Nach dem Machtwechsel in Stadt und Land beseitigten die neuen Damen und Herren die Spuren ihrer Vorgänger und ließen den Status quo ante wiederherstellen. Das Endergebnis südlich wie nördlich des Strandbads ist das gleiche: schöne Aussicht, idyllische Sonnenuntergänge, Promenade für Mensch und Tier. Und – gewissermaßen – das Wörthersee-Mandl.

Das soll aber nicht heißen, dass am Ufer des Wörthersees gar kein Gesang mehr zu hören ist. Im Gegenteil! Auf der Metnitzwiese findet im Juli seit etlichen Jahren die *Starnacht am Wörthersee* statt, eine Samstagabend-Fernsehshow. Dann ist endlich wieder Zeit für die wirklich wichtigen Fragen des Daseins: Wann kommt Andrea Berg – und köpfelt Starnacht-Moderator Alfons Haider samt Smoking in den Wörthersee?

Diese Frage stellt sich an der Südseite der Alpen im Land der Seen und Berge ja seit Jahren, und ich kann sie nie beantworten, weil ich leider immer einschlafe. Auch heuer!

Man soll sich über die treuen Freunde der Schlagermusik nicht lustig machen: Sie tun niemandem etwas zuleide, und in Scharen kommen sie aus der ganzen Welt an unsere Starnachtküste, vor allem aus der Steiermark! Deswegen verlasse ich mich nicht auf Gerüchte und Spekulationen und schaue Jahr für Jahr mutig vorbei – oder fern. Den netten Bankbeamten mit der Fistelstimme, der sich auf die Bühne verirrt und hochmetaphorisch über Glühwürmchen gefachsimpelt hat, habe ich noch wahrgenommen. Dann jener Krachlederhosenkünstler, der die Geschirrtücher seiner Mutter zu Nachtsonnenbrillen weiterentwickelt (so wie ich es mit meinen zu eng gewordenen Burberry-Hemden tue …). Aber dann fielen mir wieder die Augen zu – und alle Fragen offen: Ist Haider gesprungen? Ertrunken? Gerettet worden?

Kaum ist die Starnacht vorbei, kommt Andrea Berg! Am 3. August schon! Ins Stadion! Die Andrea mit den unglaublich langen Beinen und unglaublich kurzen Röcken! Berg ist der Großglockner unter den Schlagersternen (beziehungsweise Großglocknerin unter den Sterninnen) – und der Großglockner gehört nun einmal ins Stadion – wie der Wald …

Eine Frage, nämlich die nach Synergieeffekten, also: Warum man sich das ewige Auf- und Abbauen von Lazarettzelten und Nottribünen am Seeufer nicht spart und die Starnacht auch im Stadion veranstaltet, kann ich leider nicht beantworten. Der berühmte Blick auf den See kann es nicht sein: Den hat man da wie dort nur vom Fernsehkran aus. Es muss etwas damit zu tun haben, dass Berg nicht in den See springt …

Am Metnitzstrand befindet sich die (ehemalige) Endstation des *Lendwurms* und gleich daneben die Schiffsanlegestelle der Wörtherseeflotte. Wenn die Sonne über dem See untergegangen ist, legt der letzte Schraubendampfer Europas, der noch in Betrieb ist, die *Thalia*, mit tausend bunten Lichtlein geschmückt in der Ostbucht ab und macht sich auf seine Mondscheinfahrt die österreichische Riviera entlang, vorbei an der Albatros-Villa und dem Schloss Loretto, den beiden Kirchen auf der Halbinsel von Maria Wörth, dem Werzerbad und dem

Tennisstadion von Pörtschach bis hinauf nach Velden, wo zwischen Schloss und Casino die Avantgarde-Touristen lustwandeln. Unter dem nächtlichen Sternenzelt wird an Deck getafelt und getanzt: Vielleicht spielen sogar noch dann und wann die Wörtherseer auf. Ihr Repertoire reicht von Paul-Anka-Coverversions über das *Kufsteinlied* bis zu *Der Junge von St. Pauli* und *Seemann, laß das Träumen!* Höhepunkt und Abschluss ist aber immer der Deliriumsjodler der *Rose vom Wörthersee*. Lange kann es jedenfalls nicht mehr dauern, bis der Bandleader der Wörtherseer genug verdient, um sich seinen Lebenstraum zu erfüllen: einen Swimmingpool vor der Haustür.

Im Jahr, in dem ich diesen Führer neu schreibe, wird die *Thalia* hundertzehn Jahre alt. Noch immer lässt sie ein stolzes Tuten hören, wenn sie ablegt. Matrosen haben mir erzählt, die alte Dame macht von allen Schiffen der Flotte technisch die wenigsten Probleme.

Die *Thalia* ist das älteste Schiff der Wörtherseeflotte, zu der auch noch die *Klagenfurt*, die *Kärnten*, die *Wiesbaden* und die kleineren *Loretto* und *Lorelei* gehören. Sie alle übernachten und überwintern in der weißen Werft, die Günther Domenig gebaut hat (der auch den Stadttheaterzubau geplant hat), und sie werden dort gewartet. Idyllische Werften gibt es bekanntlich nicht, und auch die ist keine. Man könnte natürlich fragen, warum die Werft gerade hier stehen muss, am allerschönsten Platz am See. Aber hätte man die Werft woanders hingestellt, könnte man die Frage dort stellen. Wo immer man die Werft hingebaut hätte, hätte man fragen können: Warum gerade hier? Der See besteht ja nur aus allerschönsten Plätzen.

Da, wo sie nun steht, verstellt die Werft ein wenig die Aussicht auf (und für) drei architektonische Meisterstücke der Wörtherseearchitektur: das Café Restaurant Lido mit seinem Gastgarten, das Hotel Wörthersee sowie die Albatros-Villa. Das kaisergelbe Hotel Wörthersee wird von Fremden manchmal mit dem Schloss Velden verwechselt. Hier aber wurden (noch) keine Wörtherseefilme gedreht, es ist, erbaut vor über hundert Jahren, so etwa zu Gustav-Mahler-Zeiten, mit seinen Spitztürmchen und Giebeldächern eher ein wildromantisches Gespensterschloss. Die Stiegen im Treppenhaus knirschen, die Holzbalkone knarren. Sicher gibt es auch ein Schlossgespenst. Als die Erstausgabe dieses Stadtporträts erschien, war es noch in Betrieb. Mittlerweile ist es aber schon seit vielen Jahren geschlossen, auch schon vor etlichen Jahren an einen ausländischen Investor verkauft und die(Um-)Baugenehmigung nach einer vierjährigen Schrecksekunde erteilt worden, aber von Investitionen ist nichts zu bemerken: Das alte Schmuckstück verkommt immer mehr zur Ruine.[34]

Für ein Hotel wäre es heute wohl zu klein, für ein Bordell aber doch zu groß.

Wäre ich der politische Chef der Stadt, ich setzte alles daran, dieses Prachtgebäude für alle Bürger der Stadt und ihre Gäste zu kaufen, zu restaurieren und ein Wörthersee-Museum daraus zu machen (umso mehr, da das Landesmuseum seit Jahren geschlossen ist und noch Jahre geschlossen bleiben wird). Denn für ein Museum wären Größe und Standort des Hotels ideal. Immerhin ist der Wörthersee vor ein paar Jahren offiziell in den Ortsnamen aufgenommen worden. Auf der Ortstafel an der Bundesstraße gleich nach dem Schlosshotel steht schwarz auf weiß »Klagenfurt am Wörthersee«. Der Wörthersee in der Malerei von Pernhart bis Kalcher, der Wörthersee in der Musik von Brahms bis Mahler, in der Architektur (Baumgartner, Heß bis zum Architekturbüro Klaura + Partner: die Schöpfer des neuen spektakulären Pyramidenturms), in der Literatur von den drei Wegen bis zur versunkenen Kathedrale, von Ottilie von Herbert, vom *Mädchen im See* bis zu *Egyds Büro* und Johann Sichalich, im Sport (Eisprinzessinnen, Schwimmnixen, Albatros, Nautilus), der Wörthersee im Film (von *Universum* bis zu Roy Black: Endlosvorführungen im Minitheaterchen unterm Dach), der Wörthersee kulinarisch

34 In meinem Kriminalroman »Ein Endsommernachtsalbtraum« (Picus 2012) wird es übrigens von Sichalichs Bruder Silvester betrieben, und der Kommissar Johann Sichalich hat dort ein Dauerzimmer. Auch er ist jetzt obdachlos …

(Touchscreen-Spezialrezepte, wirkliche Reinanken zum Selberessen im angeschlossenen Restaurant), Sonderschauen (Christbaumversenken im Wörthersee, Verbrechen am Wörthersee et cetera). Alles über den Wörthersee, solange es regnet: Und als Hauptattraktion und Publikumsmagnet natürlich ihn selbst, den Nessie des Südens, den *Fuß vom Wörthersee!* Hereinspaziert, hereinspaziert!

Eine Fußgängerunterführung leitet dich unter Bundesstraße und Eisenbahn hindurch zum Radweg und einem schmalen Stück Badewiese zwischen Werft und Villa, das zum Hotel gehört. Da kannst du zu jeder Tages- und Nachtzeit hinausschwimmen und die Albatros-Villa vom Wasser aus begutachten. Zu Land ist das leider nur an seltenen »Tagen der offenen Tür« möglich. Die Albatros-Villa, erbaut 1880 und im zwanzigsten Jahrhundert mehrmals ausgebaut und vergrößert, ist das Vereinsgebäude des gleichnamigen Rudervereins, und gäbe es in den Klagenfurter Souvenirläden Miniaturmodelle architektonischer Juwelen der Stadt, dann müsste die Albatros-Villa unbedingt in der ersten Reihe stehen. Berühmter und geschichtsträchtiger müsste sie halt sein. Zwar gibt es wie in allem und jedem im paritätisch aufgeteilten Österreich auch hier zwei Rudervereine. Der zweite heißt Nautilus, sein (längst nicht so spektakuläres) Clubhaus (ein Plattenbau) befindet sich zwei Grundstücke weiter, und es gibt auch einmal im Jahr zu Pfingsten eine große Regatta um die »Rose vom Wörthersee«, aber so legendär wie die Rivalität zwischen Oxford und Cambridge ist diese hier längst nicht.

An die Albatros-Villa schließen etliche hölzerne Sommerpfahlbauten in Privatbesitz an, an denen der Radweg direkt neben den Geleisen entlangführt, ehe ein etwa zweihundert Meter langes wirklich freies Stück Seeufer folgt, die Friedelpromenade, wo am Rand des Kieswegs mehrere Lauben mit jeweils drei Parkbänken dem Spaziergänger, Radfahrer, Skater Gelegenheit zum Rasten oder Seelebaumeln bieten. Die mittlere Parkbank der zweitwestlichsten Laube nenne ich »mein Sommerbüro«, denn hier halte ich immer an, wenn ich vorbeikomme. Ich steige vom Rad, setze mich nieder, mache mir ein paar Notizen, denke nach, schaue ins Wasser oder sonne mich. Und so ist es auch im *Mädchen im See* nachzulesen: »Welten sind hier entstanden, Ottilie, Sizilien, Portugal, Spanien: alles hier auf der Parkbank mit einer John Player Special im Mund, den Karawanken im Auge und dem Wasser zu Füßen. Insgeheim erhoffe ich mir schon, dass die Stadtverwaltung an dieser Laube eines Tages eine Messingtafel mit der Aufschrift »Egyds Büro« anbringt – eine derartige Investition müsste doch auch bei den traditionell leeren Stadtkassen möglich sein. Denn gegenwärtig passiert es mir oft, dass ganz ungeniert wildfremde Menschen in meinem Büro sitzen, wenn ich komme, sodass ich weder Platz noch Ruhe habe. So kann man nicht arbeiten, selbst wenn ich arbeiten könnte. Eine Parkbank werde ich meiner Geburtsstadt wohl wert sein. Eine zweistöckige Villa mit Terrasse, Loggia und Balkon, wie sie sich Gustav Mahler am kalten, schattigen, dunklen und steil abfallenden Südufer zur vorletzten Jahrhundertwende erbauen lassen hat, werde ich mir wohl nie leisten können.«[35]

Als ich ein Jahr nach Erscheinen des Buches mit dem Rad in mein »Sommerbüro« am Friedelstrand fuhr, traute ich bei der Ankunft meinen Augen nicht: Denn ganz wie ich es beschrieben hatte, war auf der Rückenlehne der mittleren Parkbank der vorletzten Laube eine goldene Gedenktafel angebracht, auf der

35 Egyd Gstättner: Das Mädchen im See, S. 96.

schlicht und ergreifend »Egyds Büro« stand (und steht[36]). In solchen Augenblicken denke ich, dass man kein Fremder sein muss, um es länger als eine Stunde in Klagenfurt erträglich zu finden …

Ich habe nicht den leisesten Verdacht, wer das Open-Air-Büroschild angebracht haben könnte. Instinktiv würde ich auf eine Frau tippen. Die müsste dann aber handwerklich versiert sein und Kraft im Bizeps haben, um den Kreuzschlüssel zu bedienen, mit dem die vier goldenen Schrauben ins Holz gedreht sind. Genau aus dem Grund scheide auch ich selbst – was vielleicht manche Neider und Missgünstige annehmen könnten – als Täter aus. Meine beiden linken Hände sind das perfekte Alibi! Jedenfalls hat das mysteriöse Auftauchen der goldenen Bürotafel mein Verhältnis zu meinen Mitbürgern (und Mitbürgerinnen!) geradezu optimiert: Alle lächle ich im Vorübergehen selig an: Jeder könnte es gewesen sein! Nur Politiker scheiden aus: Denn noch nie hat irgendein Politiker irgendetwas gestiftet oder initiiert, ohne rechts unten darauf hinzuweisen, dass er der Stifter und der Initiator ist. Dafür gäbe es auch in dieser Stadt Beispiele genug. Mein Denkmälchen – und das empfinde ich als die besondere Ehre – ist eines zu Lebzeiten, und eines des Volkes.

Ich kann ja nicht beurteilen, ob ich mir das verdient hätte. Aber träumen darf ich ja, dass ich, wenn ich einmal nicht mehr bin, so wie Fernando Pessoa in Bronze gegossen in Lissabon vor dem Café A Brasileira sitzt, eines Tages zu Bronze geworden hier in Egyds Büro sitze, natürlich nicht protzig mitten auf der Parkbank, sondern bescheiden ganz am Rand, damit andere Menschen auch noch Platz haben, solche aus Fleisch und Blut, du zum Beispiel, nimm ruhig Platz, mach ein Selfie von

36 Egyd Gstättner: Das Mädchen im See.

uns beiden, Mensch und Messing, sieh das Seepanorama mit meinen Augen. Schau nach Loretto hin, schau zur Mahler-Villa, lies vielleicht die Briefe, die Gustav Mahler von hier aus Alma nach Wien geschrieben hat, schau nach Krumpendorf, wohin er später mit ihr gerudert ist. Der Schrottenturm genau hinter dir, der die Grenze zwischen Klagenfurt und Krumpendorf markiert, den gab es zu Mahlers Zeiten auch schon. Im neunzehnten Jahrhundert stand er in Besitz von Julius Rainer und diente zur Erzeugung von Schrotkugeln. Diese Funktion hat er heute zum Glück nicht mehr. Er hat aber leider gar keine Funktion und ist – wie die sogenannte Schrottenburg zu seinen Füßen – völlig verfallen. Bis in die späten sechziger Jahre des letzten Jahrhunderts war das ein prächtiges Aussichtslokal, heute ist es das inoffizielle Domizil von Clochards und Obdachlosen. »Die schönste Sicht auf den See sagt ihnen ebenso wenig wie die große Vergangenheit. Wenn es abends kühl wird, machen sie ein Feuerchen. Das halbe Dach ist beim letzten Brand eingestürzt, und eines Tages werden sie selbst und das Domizil Julius Rainers in den Flammen untergehen.«[37] Dabei steht die verwahrloste Ruine im Besitz einer der wohlhabendsten Klagenfurter Familien. Gelegentlich findet man in der Zeitung einen Artikel, demzufolge die verkaufswillige Familie intensiv nach einem geeigneten Investor suche. Zwei Jahre später verkündet ein Artikel, die Familie habe einen geeigneten Investor nun so gut wie gefunden. Wieder zwei Jahre später verkündet, ohne dass irgendetwas geschehen wäre, ein Artikel, die Familie suche intensiv nach einem geeigneten Investor. So geht das seit vielen, vielen Jahren. Sollte wider Erwarten doch noch etwas geschehen und sich der Schandfleck am Locus amoenus wieder in ein wahrzeichenfähiges Prunkstück zurückverwandeln, wo

37 Ebd., S. 95.

man auch einkehren kann, wird das freudestrahlend die letzte Nachjustierung dieses Führers sein. Pessimisten rechnen aber eher mit einer Appartementanlage und also mit einer weiteren Uferverstümmelung. (Update Logbuch 2020: Tja, leider. Da ist zehn Jahre später nach wie vor nichts endgültig und rechtskräftig entschieden. Bitte weiter warten …)

Solche Fragen beschäftigten mich auch in Egyds Büro, wo ich die Korrekturen für diesen Führer las: Wie lange wird es die Gebäude geben, die ich beschrieben habe? Wie lange werden sie die Funktion erfüllen, die sie ausübten, als ich sie porträtiert habe? Hätte ich nicht auch etwas über die Randgemeinden und Vororte sagen sollen? Viktring etwa oder das kulturell höchst bedeutende Maria Saal; den Dom mit dem hinterlistigen Fresko von Herbert Böckl, Gang Christi über den See Genezareth, das bis 1982 verhüllt gewesen ist, auf dem Jesus den ertrinkenden Petrus aus dem See Genezareth fischt, Petrus aber die Gesichtszüge von Lenin hat! Über Gerhard Lampersberg, den Tonhof, die Tonhofkünstler oder Humbert Fink, geboren als Luigi Umberto Fink am 13.8.1933 in Vietri sul Mare, gestorben am 16.5.1992 in Maria Saal, der dort begraben liegt? Die Seegemeinden mit all ihren Attraktionen und Eigenheiten – aber das wäre eine andere Geschichte! Und eine ähnliche Frage betrifft das Personal, die Menschen der Stadt, die hier aufgetreten sind: Bin ich ihnen gerecht geworden? Wen habe ich vergessen? Jenen längst nicht mehr existierenden Kaiser Verlag etwa habe ich nicht erwähnt, in dem der ganz junge Thomas Bernhard einen ganz frühen Lyrikband herausgebracht hat? (Aber das Verlagshaus könntest du eben nicht mehr besichtigen.) Wen habe ich übersehen, weil er sich vielleicht jenseits meines (geistigen) Horizonts bewegt? Und was ist mit all denen, die ich zwar kannte oder kenne, die ich aber nicht erwähnt habe, weil ich sie zwar für Originale und als durchaus originell, aber außerhalb der Mauern der Stadt (die es ja nicht mehr gibt oder die zumindest nicht mehr aus Stein sind) für nicht bedeutend und repräsentativ genug gehalten habe? Geld oder Amt, Reichtum und Macht habe ich von vornherein nicht als Kriterien gelten lassen. Habe ich vor lauter Geschichten die Geschichte ein wenig übersehen? War ich zu wenig historisch? Wer eine chronologische Auflistung sämtlicher Klagenfurter Bürgermeister seit 12irgendwas schätzt, der möge sich an die Geschichtsbroschüre des Historikers Dieter Jandl halten. Mich hat doch in erster Linie das Klagenfurt interessiert, wie es sich mir zu meinen Lebzeiten darstellt; seine Vergangenheit nur dann, wenn ihre Wirkungen in der Gegenwart spürbar sind. Und obendrein wollte ich keinen Führer schreiben, der so dick und schwer ist, dass du ihn auf deiner Tour nicht hättest mitnehmen können. Ich wollte dich damit ja wirklich von Ort zu Ort, von Schauplatz zu Schauplatz führen, ich wollte dir einen Wegweiser in die Hand legen. Aber ich wollte dich vor allem anregen, nicht ausbilden. Jetzt, am Ende der zweitägigen Erkundung, ist es Zeit zu sagen, dass ein Führer ein ideales Instrument ist, eine neue Stadt kennenzulernen. Wie es aber ist, in einer Stadt zu leben, das erfährt man freilich am trefflichsten und eindrucksvollsten aus der Literatur.

Erwähnt habe ich eingangs, dass mir die Idee zu meinem Porträt Klagenfurts bei der Lektüre von Fernando Pessoas kleinem Buch Lissabon – Was der Reisende sehen sollte gekommen ist, ein Nebenwerk, das – wie praktisch alle Arbeiten Pessoas – erst über sechzig Jahre nach seinem Tod publiziert wurde. Und daher soll der letzte Satz in Pessoas Stadtführer auch diesen hier beschließen: »Morgen werde ich es sein, der nicht mehr durch diese Straßen geht.«

KLAGENFURTER NAMEN